periscopio

A TRAVÉS DEL CRISTAL EMPAÑADO

ALFREDO GÓMEZ CERDÁ

A TRAVÉS DEL CRISTAL EMPAÑADO

edebé

Paseo de San Juan Bosco, 62
08017 Barcelona
www.edebe.com

Directora de la colección: Reina Duarte
Diseño de las cubiertas: César Farrés

8.ª edición

ISBN 978-84-236-7516-6
Depósito Legal: B. 9832-2009
Impreso en España
Printed in Spain
EGS - Rosario, 2 - Barcelona

A Carmina.

Índice

1. La primera vez... que leí un libro

Dormía la siesta sobre cubierta, mecido por un mar tranquilo, una de esas tardes cálidas y transparentes del Caribe. De repente, unos ruidos me despertaron. El capitán pirata golpeaba una y otra vez el piso de madera del castillo de popa con su pata de palo.

«Algo ocurre», me dije, y comencé a incorporarme despacio, de mala gana.

De pronto, la voz del capitán me sobresaltó:

— ¡Por los cuernos de Belcebú! —exclamó.

Corrí hasta él. Sabía que algo malo estaba pasando. Aquella exclamación era su típica forma de reaccionar cuando las cosas no se producían como esperaba.

— ¿Qué ocurre? —le pregunté.

No me respondió.

Sólo al cabo de unos segundos me entregó su catalejo y me señaló en una dirección. Me apresuré a mirar en seguida y lo que vi me dejó completamente helado. Se trataba del más grande galeón que he visto en mi vida y, lo que era peor, con dos hileras de potentes cañones en cada flanco.

La manaza del capitán me arrancó el catalejo.

— Ya has visto suficiente —me dijo, y volvió a colocarse el catalejo sobre su único ojo.

— ¿Cree que vienen a por nosotros? —pregunté ingenuamente.

— Por supuesto —me respondió—. Todas nuestras cabezas tienen precio, muchacho. Algunas, como la que sujetan mis hombros, valen una fortuna.

Aquel galeón era mucho más rápido que nuestro viejo barco. No podríamos escapar de ningún modo. Ni siquiera merecía la pena intentarlo. Nos daría alcance por la popa y nos destrozaría antes de que pudiésemos reaccionar.

El capitán se guardó el catalejo, se rascó la coronilla con el garfio de acero que suplía su mano izquierda, la que perdió de un cañonazo al asaltar un barco holandés, frunció el ceño y gritó con todas sus fuerzas:

— ¡A por ellos, mis valientes!

Todos los piratas que íbamos en el barco comenzamos a gritar alborozados. Nuestro capitán nunca nos había fallado. Por eso, nos dispusimos para entrar en combate.

El capitán apartó de un violento empujón al timonel y él mismo, con gran aplomo, se hizo cargo del mando. Todos sabíamos que nuestro capitán sólo agarraba la rueda del timón en los momentos de gran peligro.

Su potente voz, quebrada por los años y por los

miles de litros de aguardiente que su garganta había trasegado, daba órdenes constantemente.

Nos acercábamos a toda velocidad al galeón, lo cual, en vez de amedrentar a la tripulación, le daba ánimos. Cuando entramos en el campo de tiro de su artillería, el galeón viró a estribor, mostrándonos sus dos impresionantes hileras de cañones de babor. Aquel instante fue el único en que mi ánimo flaqueó un poco. No era para menos.

— ¿Ha visto eso, capitán? —grité lleno de angustia ante la visión de aquellos cañones—. ¡Nos van a hacer picadillo cuando empiecen a disparar!

El capitán no pudo escucharme. Estaba demasiado ocupado con el timón.

Jamás vi nada igual. De repente, nuestro barco giró noventa grados a babor, inclinándose tanto que por un momento llegué a pensar que el palo mayor tocaría la cresta de las olas más altas. Algunos hombres, incluso, cayeron al agua por la borda. Fue una maniobra increíble, que impidió que entrásemos en la línea de fuego de los cañones del galeón y que, gracias a un fuerte viento favorable, nos precipitó contra su proa, que era su punto más indefenso.

Ahora sólo quedaba una alternativa: la lucha cuerpo a cuerpo. Y ahí nosotros éramos, sencillamente, invencibles.

— ¡Al abordaje! —gritó el capitán.

Yo sujeté la espada entre mis dientes, me aferré con las manos a un cabo y salté...

* * *

Sí, siempre que pienso en el primer libro que leí, me viene a la mente un barco lleno de piratas. No sé de qué libro se trataba, tampoco sé quién lo escribió. No lo recuerdo... Tal vez ni siquiera fuese el primer libro. Pero no puedo evitarlo: al pensar en ello, siempre vuelve a resonar en mis oídos un grito desgarrador:

— ¡¡¡Al abordaje!!!

Y al instante siento renovadas ganas de abrir un libro y de navegar por sus inmensos mares de letras.

2. *La primera vez... que me enamoré*

Ella se sentaba justo delante de mí.

Yo solía tirar de uno de los extremos del lazo que sujetaba su largo pelo negro. Lo hacía con mucho cuidado, para que no se diese cuenta. Su melena entonces se desparramaba lentamente, como una cascada, y llegaba a tocar la vieja superficie de madera de mi pupitre. Con la punta de mi bolígrafo separaba un mechón y lo acariciaba con las yemas de mis dedos. Despacio, muy despacio.

Mi compañero de pupitre, del que no recuerdo el nombre pero sí la mirada, me daba un codazo y me sonreía con envidia y complicidad.

Si ella no se movía, podíamos permanecer así durante toda la hora de Matemáticas, o de Lengua, o de Francés... Alguna vez ocurrió. Pero lo habitual era que se diese cuenta. De pronto, notaba que su pelo había quedado suelto porque el pelmazo de atrás había vuelto a tirar de su lazo. En estas ocasiones se volvía rabiosa y, en voz baja, me decía:

— ¡Si vuelves a soltarme el lazo se lo voy a decir al profesor!

Yo, claro, le volvía a soltar el lazo al cabo de un rato, con más cuidado y delicadeza. Y ella se volvía a enfadar, pero nunca se lo dijo al profesor.

Me gustaba mirar su contorno, esas líneas imprecisas que la enmarcaban. Sobre todo las líneas de su pelo, tan largo y tan negro. Ese pelo que a veces llenaba todo mi campo visual, que me ocultaba a la mirada del profesor; ese pelo que cambiaba de forma cada segundo —o a mí me lo parecía— y se llenaba de profundidades, y de resplandores, y de misterios...

A veces me inclinaba exageradamente sobre mi cuaderno. Fingía que trabajaba con ahínco. En realidad, lo único que pretendía era oler su pelo, porque su pelo olía, sí, olía, no sé a qué.

— Es un olor embriagador —le decía a mi compañero sin rostro.

Entonces yo ni siquiera sospechaba el significado de la palabra *embriagador*. Seguro que la había oído alguna vez en el cine de *Gran Programa Doble* de mi barrio.

Tenía que desechar algunos olores —colonias o perfumes— hasta llegar al verdadero olor, al olor natural de su pelo, al auténtico, al suyo...

Junto a estas vagas sensaciones, recuerdo dos cosas concretas. La primera sucedió una tarde, tal vez de primavera. Ella se volvió hacia mí, me miró apenas un segundo y dijo:

— Préstame tu goma de borrar.

Una enorme turbación se apoderó de mí. Cuando le di la goma de borrar, temblaba mi mano, y mi brazo, y yo entero...

El segundo hecho se produjo unos días después, a la salida del colegio. Como cada tarde, la observaba alejándose en dirección a su casa. Como cada tarde, también, soñaba con acompañarla, pero no me atrevía a acercarme a su lado. No sabía por qué, pero me causaba un poco de miedo.

En ese momento vi cómo dos chicos del colegio, de la clase de los mayores, se le acercaron por detrás y le tiraron de su lazo hasta desatárselo. Ella se enfadó y a gritos los amenazó, pero sólo consiguió que ellos se riesen aún más y encima la imitasen haciéndole burla.

Yo estaba paralizado, como si me hubiese convertido en estatua. Quería hacer algo, pero no sabía qué, o simplemente no me atrevía.

Entonces, aquellos dos grandullones se rieron de su pelo, de su pelo largo, de su pelo negro...

Y algo estalló dentro de mí. No sé lo que fue. Todavía hoy sigo ignorándolo. Pero todo mi cuerpo se crispó y corrí hacia ellos, invadido por un impulso irresistible.

La pelea fue memorable. Eso me dijeron los que la vieron. Yo no me enteré de nada. Los tres rodamos por el suelo fundidos en un abrazo, del que saltaban chispas y centellas.

Al cabo de unos minutos, los dos mayores huyeron despavoridos. Me levanté y me sacudí las manos. Ella se acercó y se quedó mirándome fijamente durante mucho tiempo. Luego me limpió con su pañuelo la sangre que me brotaba de la nariz.

No me dijo nada, no era preciso. La acompañé hasta su casa en silencio, caminando despacio, mirándola de reojo.

Cuando, algo después, mi madre comenzó a regañarme porque había roto los pantalones a la altura de la rodilla, no me importó.

— ¿Es que no me oyes? —tuvo que repetirme.

— ¿Qué?

— ¡Has roto los pantalones!

— Ah, sí, sí...

— ¡Y eran los nuevos!

— Ya...

Me fui a mi habitación y me asomé a la ventana. Creo que permanecí el resto de la tarde con la mirada perdida en la calle.

Entonces, lo comprendí con claridad: estaba enamorado.

Al terminar el curso, mis padres decidieron cambiarme de colegio. Pensaban que estudiaba poco y que necesitaba «mano dura». Eso decían, lo recuerdo bien: «mano dura». Eligieron uno que tenía fama de serio y disciplinado. Yo protesté con todas mis fuerzas y con todos mis medios, pero no conseguí nada.

El curso siguiente lo comencé ya en el nuevo colegio, que era sólo de chicos. Yo no lo encontré tan «duro» como creían mis padres. En él, seguí estudiando poco y sacando notas mediocres, pero... ¡la de veces que eché de menos su lazo, su pelo, su olor...!

3. *La primera vez... que vi el mar*

Los que han nacido cerca del mar, los que lo han visto desde siempre como la cosa más natural del mundo, tal vez nunca lleguen a comprender la emoción que puede causar su visión por primera vez a alguien de tierra adentro, como yo.

A veces, con otros compañeros, trataba de imaginármelo en nuestras conversaciones durante los recreos del colegio.

— Desde luego, el mar tiene que ser más grande que todo el barrio —decía Juanjo.

— Y mucho más profundo que una casa de siete pisos —añadía Dani—. El otro día fui al cine y vi una película en la que un submarino descendía, y descendía, y descendía...

— El mar es aún más grande que todo el mundo —sentenciaba yo.

— ¡Hala! —me corregía Juanjo—. Si fuese más grande que todo el mundo, no habría mundo. Sólo habría mar.

— Quiero decir que en el mundo, en nuestro planeta, hay más mar que tierra firme. Así que fijaos si será grande el mar.

Permanecíamos unos segundos en silencio y tratábamos de imaginarnos, ensanchando nuestra mente hasta límites insospechados, la grandeza del mar, su color, su olor, su movimiento...

— ¿Cuántos litros de agua habrá en el mar?

— ¡Miles!

— ¡Millones!

— ¡Miles de millones!

Se acababa la hora del recreo y volvíamos a clase en fila india, con la mente llena de agua salada, de olas violentas, de animales marinos, de barcos pesqueros...

Gracias al cine, todos teníamos una idea de lo que era el mar, pero nos faltaba haberlo sentido de cerca, haberlo contemplado durante horas y horas, habernos bañado en sus aguas en las cálidas playas a las que algunos compañeros iban de vacaciones...

Aunque parezca extraño, yo vi por primera vez el mar durante una clase de Matemáticas. Antes, me lo había imaginado muchas veces, pero nunca lo había visto.

Sucedió una mañana, a primera hora. Todos los alumnos estábamos ya sentados en nuestros pupitres y don Jeremías, el profesor de Matemáticas, se limpiaba sus gafas con un pañuelo. Don Jeremías siempre se limpiaba sus gruesas gafas de culo de vaso antes de comenzar la clase. Sus ojos, sin las gafas, parecían muy pequeños, casi insignificantes, por eso todos le llamábamos *el topo*.

No recuerdo cuál era el tema que explicaba en esos momentos don Jeremías, pero de pronto la enorme pizarra negra que cubría casi por completo la pared del frente comenzó a ablandarse. Era algo extraño, muy extraño. Daba la sensación de que un misterioso oleaje la recorría por el otro lado, ondulando su superficie. Luego, el color negro fue cambiando poco a poco, volviéndose gris primero y posteriormente azul, un bello azul marino, lleno de brillos, como si el sol se reflejase en él.

Hubo un momento en que todo lo que había a mi alrededor desapareció: las paredes de clase, los pupitres, los propios compañeros, don Jeremías... ¡Todo! Sólo quedaba esa pizarra, cada vez más grande, que me envolvía.

— ¡Es el mar! —grité.

En efecto, era el mar, el mar en todo su esplendor, con toda su belleza... Entonces me sobrecogí, porque aquella visión majestuosa superaba con creces todo lo que mi mente había imaginado con anterioridad.

— ¡Es el mar! —volví a gritar—. ¡Es el mar!

De pronto, sentí cómo salía disparado del pupitre hacia lo que antes era la pizarra. Una inmensa emoción me embargaba. Grité con todas mis fuerzas:

— ¡¡¡El mar!!!

Luego, perdí el conocimiento.

Cuando me desperté estaba en un hospital, tumbado boca arriba sobre una camilla, rodeado por un médico, una enfermera, mis padres y don Jeremías, *el topo*.

Don Jeremías hablaba y hablaba, visiblemente preocupado.

— ¡No puedo entenderlo! De repente, se levantó de su pupitre, echó a correr por el pasillo y saltó, como si se lanzase a una piscina, contra la pizarra. ¡Me ha dado un susto de muerte!

Entonces me llevé las manos a la cabeza y noté un vendaje. Me toqué un poco y sentí un dolor agudo. Si no me había roto la cabeza, había estado a punto.

Aquel verano mis padres decidieron llevarme a ver el mar, temerosos de que volviese a saltar otra vez contra la pizarra. Cuando, por fin, pude ver el mar por primera vez, mi sospecha se hizo realidad: lo que yo había visto en la pizarra de clase, mientras don Jeremías explicaba Matemáticas, era el mar. Estoy completamente seguro.

4. La primera vez... que sentí dolor

En mi colegio los pupitres eran de dos plazas y durante todo un curso tuve de compañero a Dani. Aquella convivencia hizo que Dani y yo nos hiciésemos buenos amigos.

Él y yo nos parecíamos en algunas cosas, como en las notas que sacábamos, que eran bastante regulares. Solíamos aprobar por los pelos y de vez en cuando nos caía algún suspenso. Sin embargo, Dani y yo también nos diferenciábamos en algunas cosas, sobre todo en el tamaño.

Por aquel entonces, y como resultado de mi poca afición por la comida, yo era bastante delgaducho. Dani, por contra, era un verdadero tragón, por eso estaba muy gordo y muy colorado.

Lo pasábamos bien juntos, ya lo creo. Él era muy alegre, todo le hacía gracia y siempre se estaba riendo. Su risa era potente y limpia y a menudo se desbordaba como una cascada. Y a mí me contagiaba su buen humor y su risa.

Una tarde, al salir de clase, me dijo:

— Tienes que venir un día a comer a mi casa.

— ¿Por qué? —le pregunté un poco extrañado.

— Les he dicho a mis padres que somos amigos y ellos me han dicho a mí que te invite a comer. Los amigos se invitan a comer, ¿o no?

— Supongo que sí —respondí.

Hubiese preferido que me invitase a otra cosa, pues lo de comer no me hacía demasiada ilusión; pero como insistió, tuve que aceptar la invitación. Se lo dije a mis padres y no pusieron inconvenientes. Eso sí, mi madre me hizo una clara advertencia:

— Espero que te comas todo lo que te pongan. Es una falta de educación dejarse la comida en el plato cuando se va de invitado.

Elegimos un día cualquiera, entre semana. Comeríamos y luego volveríamos juntos al colegio.

Recuerdo que nos abrió la puerta el padre de Dani, don Florencio, y lo primero que me llamó la atención fue que medía lo mismo de ancho que de alto. Su cintura era una circunferencia imposible de abarcar. Era el hombre más gordo que había visto en mi vida, eso sí, tan risueño y tan alegre como Dani.

Nos llevó al salón, donde ya estaba dispuesta la mesa, y nos invitó a sentarnos. Al momento, apareció doña Sol, la madre de Dani, llevando una gigantesca olla entre las manos. Creo que bastará con que diga que tenía que ponerse de lado al pasar las puertas para que todo el mundo se haga una idea de su volumen.

Comimos cocido madrileño. Primero un plato de sopa, espesa de fideos y de sustancia. Yo recordé las palabras de mi madre y logré vaciarlo con notable esfuerzo. Pero lo malo vino a continuación. Ante mis ojos desorbitados, doña Sol echaba en mi plato garbanzos y más garbanzos, carne, jamón, tocino, verduras... Para no resultar maleducado, me callé. Eso sí, preferí cerrar los ojos para no verlo. Al abrirlos de nuevo, estuve a punto de desmayarme, pues mi plato parecía el mismísimo Everest.

— ¿Te gusta el cocido? —me preguntó don Florencio.

Volví a recordar las advertencias de mi madre y respondí lacónicamente:

— Sí.

— Pues come, que está muy rico.

Y no sé cómo —es algo que aún no he podido comprender—, pero me comí todo aquel Everest de garbanzos, tocino, carne... Con disimulo, tuve que desabrocharme el cinturón de los pantalones. Sentía como si una roca inmensa y muy pesada ocupase todo el espacio de mi estómago.

No terminó ahí la cosa, ya que de postre tuve que comerme un flan, más o menos como el Teide, profusamente nevado con aludes de nata.

Dani me tuvo que ayudar a levantarme de la silla. Doña Sol y don Florencio me despidieron con una sincera sonrisa y con unas sinceras palabras:

— Vuelve a comer cuando te apetezca.

Les devolví como pude la sonrisa, pero preferí hacer oídos sordos a su invitación.

Y si yo creía que el peor momento había pasado, estaba equivocado. El peor momento vino después, en clase, sentado en el pupitre, mientras don Jeremías trataba de dibujar en la pizarra el aparato digestivo, que era el tema de Ciencias Naturales que nos iba a explicar.

De pronto, comencé a sentir un dolor muy intenso por todo mi abdomen, un dolor que aumentaba sin cesar y que me resultaba insoportable. Alguna vez me había dolido la tripa, pero nunca de aquella manera. Era tan fuerte el dolor, que sudaba por todos los poros de mi cuerpo.

Cuando ya no podía más y estaba convencido de que me moriría sin remedio, le di un codazo a Dani y le dije simplemente:

— Me muero.

— ¿Qué te pasa? —se alarmó él, al verme contraído y sudoroso.

— Me duele la tripa por todas partes. No puedo soportarlo.

— ¡Ah, es eso! —Dani cambió de expresión—. Sólo son los efectos de los garbanzos. Haz lo que te diga y verás como se te pasa.

Dani me dijo que me cogiese la cintura con ambas manos y que apretase poco a poco, y luego que echase mi cuerpo hacia adelante cuanto pudiese. Al final, me hizo una advertencia.

— Procura que no suene.

No supe al principio a qué se refería. Pero lo comprendí en seguida, pues a la tercera flexión de mi cuerpo, se me escapó una ventosidad tan larga y ruidosa como la traca de la feria.

Toda la clase comenzó a reírse estrepitosamente.

Don Jeremías se volvió hecho una furia, tiró la tiza al suelo y gritó:

— ¿Quién ha sido?

Me sentía feliz porque de repente había cesado aquel dolor insoportable. Miré a Dani y le sonreí, luego alcé el brazo.

— ¡Te quedarás castigado hasta las siete, so cochino!

Entonces Dani alzó también el brazo y, tratando de defenderme, dijo:

— Él no ha tenido la culpa. Yo le dije lo que tenía que hacer para... Es que le dolía la tripa por culpa de los garbanzos... Por eso...

— ¡Basta! —le cortó don Jeremías—. ¡Los dos os quedaréis castigados!

Ese día no se me ha olvidado. No lo recuerdo por el castigo, ni siquiera por el cocido madrileño. Lo recuerdo porque por primera vez en mi vida descubrí lo que era el dolor físico.

Sólo de pensarlo me pongo de nuevo a sudar.

5. *La primera vez... que volé en avión*

Cuando era pequeño solía ir al cine varias veces a la semana, sobre todo los sábados y domingos. En todos los cines de mi barrio ponían dos películas en sesión continua, lo que quería decir que podías verlas varias veces, si te apetecía. Echaban películas de todo tipo, pero las que más abundaban eran las de guerra.

Solían luchar los americanos contra alguien. Contra los alemanes, contra los japoneses, contra los coreanos... Como las películas eran americanas, siempre ellos eran *los buenos*. Y los otros, *los malos*. Algunas veces, pocas, echaban películas de guerra entre españoles y, en estos casos, también *los buenos* y *los malos* eran siempre los mismos.

A Juanjo y a mí nos gustaban estas películas. Teníamos la cabeza llena de soldados, de carros de combate, de submarinos, de aviones... Para colmo, a la hora de leer elegíamos unos tebeos que se llamaban *Hazañas bélicas*. Aquellos tebeos eran una verdadera ensalada de bombas. En muchas ocasiones teníamos la sensación de que las balas se salían del papel dibujado y nos rozaban la nariz, o las orejas...

Ni Juanjo ni yo comprendíamos entonces el porqué de aquellos héroes de uniforme, de aquellos alardes de aniquilamiento, de aquellas armas mortíferas que llenaban los tebeos, de aquel horror que enmudecía los cines... Debía de ser que los vencedores, los de allí y los de aquí, siempre tan arrogantes, querían dejar constancia de su victoria en todas partes.

Lo curioso es que vivíamos tiempos de paz. Eso, al menos, decían los periódicos, la radio, la televisión, algunos carteles pegados por las calles de la ciudad... *Veinticinco años de paz*. Lo recuerdo muy bien. ¡Veinticinco años! ¡Eso era el doble de nuestras vidas! Pero en aquellos tiempos de paz, como a tantos otros niños, a Juanjo y a mí lo que más nos gustaba era jugar a la guerra.

Vivíamos en la periferia de la ciudad, muy cerca de un aeropuerto. De vez en cuando, salíamos del barrio y nos alejábamos un poco. Cruzábamos un arroyo maloliente, sorteábamos un par de fábricas, coronábamos una pequeña elevación de terreno y, ante nuestros ojos un poco asombrados, aparecía el aeropuerto. Nos sentábamos en el suelo y nos pasábamos las horas viendo cómo aterrizaban y despegaban los aviones.

— ¡Mira, mira! ¡Ése es americano!

— ¡Y aquél, alemán!

— ¡Y el que está aterrizando, español!

Los aviones no eran como los de las películas de

guerra, ni como los de los tebeos de *Hazañas bélicas*. Eran más modernos y más grandes. No transportaban bombas, sino pasajeros y mercancías.

Había un lugar que a Juanjo y a mí nos gustaba especialmente. Era una pequeña explanada, con dos o tres árboles, situada justo donde la pista de despegue terminaba. Por un lado, la delimitaba una alta tela metálica, que cortaba el paso hacia el aeropuerto; por el otro, una pequeña carretera. Cerca de esa carretera había un bar-merendero, que en el verano sacaba sus sillas a un emparrado contiguo, para que los clientes tomasen el fresco, además de la merienda.

Juanjo y yo nos sentábamos en aquella explanada y esperábamos pacientemente a que el ruido atronador de los motores de un avión comenzase a aproximarse.

— ¿Oyes?

— Sí. Es de los grandes.

— ¡Preparados los cañones antiaéreos!

— ¡Preparadas las ametralladoras!

Nos imaginábamos, como habíamos visto en tantas películas y en tantos tebeos, que manejábamos un gran cañón y una potente ametralladora. Nuestra misión era, por supuesto, derribar aquel avión, perteneciente sin duda al ejército enemigo.

— ¡Ahora, Juanjo! —gritaba—. ¡Ahora o nunca!

— ¡Acabemos con él antes de que descubra nuestra posición!

— ¡Fuego!

Y los dos comenzábamos a disparar con nuestros

dedos, mientras nuestras bocas se deshacían en una interminable pedorreta. El avión, enorme y majestuoso, atronador, aparecía ante nuestros ojos, comenzando a tomar altura, metiendo aún el tren de aterrizaje...

— ¡Que no escape!

— ¡Creo que le he dado en un ala!

Era el juego de la guerra, al que los niños de mi época tanto jugábamos.

Todavía no entiendo por qué Juanjo y yo, cuando crecimos, comenzamos a odiar la guerra y todo lo que nos la recordase: los uniformes de guerra, las canciones de guerra, los aviones de guerra, las medallas de guerra... Cuando nos hicimos mayores, ni Juanjo ni yo queríamos hacer la mili. Yo tuve suerte, me libré por corto de vista. Juanjo se marchó del país y desde entonces no he vuelto a saber de él.

Muchos años después, cuando volé por primera vez en un avión, al despegar, miraba atentamente por la ventanilla tratando de localizar una pequeña explanada, al final de la pista. Acerqué mi rostro al cristal. Buscaba ávidamente a dos niños que deberían estar por allí, disparando sus balas de pedorreta contra el avión.

Allí seguían la explanada, la carretera, el bar-merendero... Pero los niños, afortunadamente, no estaban.

6. *La primera vez... que empiné el codo*

Aquella mañana me despertó, como otras muchas, la voz de mi madre. Pero a diferencia de otras mañanas, su voz era distinta, más fuerte y nerviosa.

— ¡Que te levantes de una vez de la cama! —me repitió ella.

— Hoy es domingo —protesté.

— ¡Pero hoy se casa la tía Merceditas! —concluyó mi madre, casi como una amenaza.

Había tenido un sueño fantástico. Una nave extraterrestre se había detenido a la altura de la ventana de mi cuarto. Habían tendido una misteriosa pasarela de luz hasta mi cama. Yo me levanté, avancé por aquella pasarela y me introduje en la nave. Aquellos extraterrestres eran unos tipos muy divertidos y nos fuimos todos juntos a dar una vueltecita por el espacio sideral...

¡Cómo iba a acordarme de la boda de tía Merceditas! ¡Se me había olvidado por completo!

Aquella mañana tuve que lavarme a conciencia todo el cuerpo, con las orejas incluidas. Mi madre me revisó varias veces de arriba abajo para cerciorarse de que estaba bien limpio. Luego, me puse un traje nuevo, comprado para la ocasión, y me eché un buen chorro de colonia.

Lo que más recuerdo de aquel día es lo elegante que iba mi madre, lo elegante que iba mi padre, lo elegante que iba mi hermana y lo elegante que iba yo. Daba gusto vernos cuando salimos de casa. Aunque, la verdad, luego resultó que todos los invitados a la boda iban también muy elegantes, con lo cual nuestra elegancia pasó un poco inadvertida.

Hay otra cosa que también recuerdo de ese día, aunque me hubiese gustado olvidarme de ella para siempre.

La boda de tía Merceditas y Sebastián, su novio hasta entonces, resultó muy bien, es decir, normal y corriente, como casi todas las bodas. Después de la ceremonia nos fuimos a un restaurante para comer. Estaba toda la familia reunida: tíos, primos, abuelos... Había también otras personas que no conocía porque eran de la familia de Sebastián.

En el restaurante nos sentamos a unas mesas larguísimas, que ya estaban preparadas. En el sitio de los novios había un gran ramo de flores y un fotógrafo empeñado en que tía Merceditas sonriese constantemente. Yo quería colocarme junto a mis primos Toni y Edu, eran de mi edad y me llevaba muy bien con ellos, pero mi padre me lo impidió.

— ¡Estáte quieto! —me dijo—. Tú, aquí, con nosotros, hasta que terminemos de comer. Ya tendrás tiempo de ir a jugar con los primos después.

¡Qué rollo de comida! A un lado tenía a mi padre y al otro a tía Eduvigis, que era hermana de mi abuela, más vieja que la tos y más sorda que una tapia. Además, con el primer plato me quedé completamente lleno y no comí más. Mi padre se comía lo suyo y lo mío.

— ¿Vas a comerte esas gambas? —me preguntaba.

— Es que me dan asco.

— ¡Qué soso eres! —y se zampaba mis gambas.

La comida se me hizo muy larga y muy aburrida, además no me gustó casi nada de lo que comimos. Con los postres sirvieron café para los mayores y dejaron sobre las mesas varias botellas de licores. Todo el mundo hablaba y hablaba. Y nadie parecía dispuesto a levantarse de la silla, así que yo no tenía más remedio que seguir sentado, sin poder jugar con mis primos Toni y Edu. Intentamos hablar por señas, pero no había forma de entenderse.

De repente, sin saber por qué, me quedé mirando la copa de anís que mi padre se había servido. Luego, miré mi vaso de agua, que estaba por la mitad. Pensé: «el anís y el agua tienen el mismo color.» Y sin que nadie me viese, cogí la copa de anís y la vacié en el vaso de agua.

No pensaba beberme aquella mezcla, que imaginaba repugnante. Pero vi cómo mi padre, sin darse cuenta, se servía otra copa de anís y se la bebía de un solo trago. «No estará tan malo», pensé, y decidí probarlo.

Con decisión, cogí el vaso, me lo llevé a los labios, cerré los ojos y... ¡No quedó ni una sola gota de aquella mezcla!

Al principio, no me sentí ni bien ni mal, pero al

cabo de unos minutos comenzó a moverse la lámpara del salón. Se movía como un péndulo, de un lado a otro.

— ¡La lámpara! —grité—. ¡Va a caerse sobre nosotros!

— ¡No digas tonterías! —me reprochó mi padre, mientras se servía la tercera copa de anís.

Luego comenzaron a moverse el techo, las paredes, las mesas, los invitados... No eran tonterías, como suponía mi padre. O era un terremoto, o eran...

— ¡Están aquí! —grité con todas mis fuerzas—. ¡Son ellos!

Había recordado de repente mi sueño de la noche anterior, ese sueño lleno de extraterrestres y de naves espaciales. No podía tratarse de otra cosa.

— ¡Han llegado al planeta Tierra!

Pero de repente no pude decir nada más. Yo mismo había empezado a moverme. O al menos, tenía esa sensación. Daba vueltas y vueltas, como una peonza enloquecida. Al final, caí de bruces sobre la mesa y me manché de tarta mi elegante traje nuevo.

Aquella noche, ya en casa, fue la peor noche que recuerdo. Me dolían la cabeza, el estómago, las piernas, los brazos... Creo que me dolía todo el cuerpo, hasta los pelos de la cabeza y las uñas de los pies.

A la mañana siguiente, aún maltrecho y descolorido, prometí ante el espejo del cuarto de baño que no volvería a beber alcohol en mi vida.

Me gustaría no romper nunca esa promesa.

7. *La primera vez... que fui al circo*

Fue uno de esos días de verano en los que, desde el mediodía, los rayos del Sol comienzan a picar de una manera despiadada. El calor es tan agobiante que produce en los cuerpos una sensación de impotencia y desgana. Lo único que apetece de verdad en esas ocasiones es buscar una sombra y permanecer tumbado durante horas, sin hacer un solo movimiento.

A media tarde, el cielo se cubrió por completo y el calor se hizo aún más demoledor.

— ¡Nos vamos a cocer dentro de esa carpa de lona! —repetía una y otra vez mi padre que, desde el primer momento, había mostrado escaso entusiasmo ante la idea de ir al circo.

— Vamos a la sesión nocturna —trataba de animarle yo—. Habrá refrescado un poco para entonces.

Una hora antes del comienzo de la función, ya casi de noche, comenzaron a verse relámpagos hacia el Sur.

— ¡Tormenta! —exclamó mi padre—. Este bochorno sólo podía terminar así. No me gusta nada, la tormenta viene del Sur, y esas tormentas son las peores.

Yo tenía miedo de que mi padre se echase atrás en el último momento y nos quedásemos sin ir al circo. ¡Con el trabajo que me había costado convencerlo! Por eso, durante toda la tarde permanecí a su lado, tratando de complacerle en todo.

No salimos a la calle hasta un cuarto de hora antes del comienzo de la función, ya que el circo estaba instalado muy cerca de casa. Por supuesto, mi padre nos obligó a todos a llevar paraguas.

— ¡El paraguas! —insistía—. ¡Que la tormenta viene del Sur!

La entrada del circo estaba tan iluminada, con cientos y cientos de bombillas, que desde allí no se veían los relámpagos. Y nos hubiésemos olvidado por completo de la tormenta de no ser por unas gotas que nos cayeron poco antes de entrar bajo la gran carpa multicolor.

En el interior todo era espléndido. ¡Qué ambiente! Prácticamente todos los asientos estaban ocupados y una pequeña orquesta, situada sobre una especie de palco, afinaba sus instrumentos. ¡Qué de colores! ¡Qué de sonidos! ¡Qué de olores! Me parecía imposible que tantas sensaciones maravillosas pudiesen percibirse a la vez.

La función comenzó a la hora prevista. La orquesta atacó una estridente melodía y varios focos se encendieron, iluminando al máximo la pista central.

Pero, de repente, toda la estructura del circo tembló, y no precisamente por la música, sino por el trueno más violento que he escuchado en mi vida. Al trueno le siguió un furioso viento huracanado que zumbaba por las rendijas de la lona.

Mi padre, claro, volvió a protestar:

— ¡La tormenta! ¡Lo sabía! ¡Y encima viene del Sur!

Desde aquel día, no puedo evitarlo, yo también temo las tormentas que vienen del Sur.

El huracán, lejos de disminuir, aumentaba sin cesar, haciendo crujir todas las vigas que sujetaban la gran carpa. La lona se bamboleaba como si un gigante la estuviese sacudiendo el polvo. A los pocos minutos comenzó a llover, o mejor dicho, a diluviar, y pronto sentimos una riada bajo las endebles gradas de madera. Se fue la luz y cundió el pánico más absoluto. No funcionaban los micrófonos y nadie podía aconsejar un poco de calma. Sólo los relámpagos iluminaban cada pocos instantes el lugar, lo que contribuía a aumentar el terror desatado en la multitud.

Y de pronto, todo se derrumbó. Se produjo un mare mágnum de lonas, maderas, cables chisporroteando, barro... La gente huía en todas direcciones y, en vano, el personal del circo trataba de poner un poco de orden. Además, los animales salvajes y domésticos del circo se escaparon y, a la luz de los rayos, entre la gente despavorida, podían verse feroces leones y tigres, pesados elefantes, monos de todos los tamaños, perros vestidos de bailarinas, caballos con las crines adornadas, focas...

Era, sencillamente, horrible. Nunca he terminado de explicarme cómo conseguimos salir de allí. Recuerdo que yo llevaba a mi hermana cogida de una mano, y con la otra me agarraba a mi madre, quien a su vez se agarraba a mi padre. De pronto, los cuatro nos encontramos fuera de aquel caos. Llovía a cántaros y habíamos perdido los paraguas.

Mi padre entonces se comportó de una forma muy extraña, como un niño pequeño, y comenzó a patalear encima de un gran charco. Quizá de ese modo descargó la gran tensión acumulada, pero, eso sí, nos puso perdidos de barro.

— ¡La tormenta venía del Sur! ¡La tormenta venía del Sur! —repetía una y otra vez.

Yo llegué a pensar que, si no se calmaba pronto, tendríamos que llevarlo a un manicomio.

Pero lo más raro sucedió después, unos días después. Estábamos cenando en casa y yo me referí a la tragedia que habíamos vivido en el circo.

— ¿Qué tragedia? —me preguntó mi padre sorprendido.

A mí me parecía absurdo tener que explicarle todo lo que había sucedido, pero comencé a hacerlo. Mi madre no me dejó terminar.

— ¡Deja de decir tonterías y come de una vez!

Extrañado, miré a mi padre, luego a mi madre y, por último, a mi hermana, que se reía de mí y, colocándose el dedo índice de una de sus manos sobre la sien, me daba a entender que no estaba bien de la cabeza.

Desde entonces una gran duda se apodera de mí.

Sé que aquel día de verano fui al circo por primera vez; pero, ¿qué sucedió de verdad? ¿La función se desarrolló sin problemas, como asegura toda mi familia, o la tormenta del Sur produjo una gran catástrofe, como lo recuerdo yo?

No sé qué pensar. Reconozco que tengo la incorregible manía de imaginarme cosas siempre y a todas horas. Pero..., a pesar de todo, no sé qué pensar.

8. La primera vez... que descubrí la soledad

Mi madre pretendía hacer muchas cosas aquella tarde.

En primer lugar, iríamos al médico para que me recetase algo que me abriese el apetito. En segundo lugar, pasaríamos por una zapatería que estaba de rebajas para comprarle unos zapatos a mi hermana. En tercer lugar, visitaríamos a tía Merceditas, que se encontraba algo pachucha, pues le habían sacado la muela del juicio. Y en cuarto lugar, ya de vuelta, recogeríamos un abrigo de la tintorería.

Existía sobre todo un inconveniente: la distancia considerable que había entre los diferentes lugares, lo que nos obligaría a tomar varias veces el autobús.

Antes de salir de casa, mi madre nos peinó. A mi hermana le adornó su cola de caballo con un lazo, a mí me echó un poco de fijador para sujetarme el remolino del flequillo.

El primer autobús nos condujo hasta el ambulatorio. Pedimos número y nos sentamos en la sala de espera. Habíamos ido antes de la hora y teníamos uno de los primeros números. Sin embargo, tuvimos que esperar mucho rato, ya que el médico llegó tarde. Cuando al fin nos atendió, me introdujo una tablilla por la boca y me obligó a decir «¡aaaahhhh!» durante mucho rato, como un idiota.

— ¿Qué prefieres, jarabe o pastillas? —me preguntó al final.

A mí me daba igual una cosa que otra. ¡Mientras no fuesen inyecciones!

A toda prisa, volvimos a tomar otro autobús, el que nos llevó hasta la zapatería de las rebajas. Desde allí, no había mucha distancia a casa de tía Merceditas. Precisamente había sido ella quien avisó a mi madre de las rebajas. En la puerta de la zapatería había un cartel muy grande que decía:

LIQUIDACIÓN POR DERRIBO

Entramos y, al instante, mi madre quedó encantada con aquellos precios. Mi hermana y ella comenzaron a probarse zapatos y a mí me dijo que mirase en el escaparate algún modelo que me gustase, pues había que aprovechar la oportunidad.

Salí de la zapatería y, desde la calle, miré el escaparate. De repente, algo me llamó la atención: era un hormigueo a la altura de mis tobillos. Bajé la mirada y descubrí a un perrito jugando entre mis pies. Era muy pequeño y se le veía muy cuidado y muy limpio. Busqué a su amo con la mirada, pero no había nadie por los alrededores. Estaba claro que aquel perrito se había perdido. Me agaché para cogerlo, pero él echó a correr.

— ¡Espera! —le grité, y corrí tras él.

Quería jugar conmigo. Saltaba y daba vueltas como loco. Yo trataba de sujetarlo, ya que en una de esas carreras podía cruzar la calle y ser atropellado por un coche.

Al volver una esquina, el perrito se topó de golpe con una señora que, al verlo, se abalanzó sobre él y lo cogió, colocándole inmediatamente una correa.

— ¡Eres muy malo! —le regañaba la señora—. ¡Qué susto me has dado! ¡Pensé que no podría encontrarte!

Y fue precisamente en ese instante cuando me di cuenta de que el perro había dejado de estar perdido; pero yo, por contra, empezaba a estarlo. Me había alejado de la zapatería, pero lo malo era que no recordaba en qué dirección. Traté de volver sobre mis pasos, pero no hallé la zapatería ni ningún indicio que me condujese a ella. Continué caminando de un lado para otro, por una calle, por otra... Pero nada. Pregunté a algunas personas por una zapatería que estaba de rebajas, pero nadie supo darme razón.

Debí de pasarme horas buscando, ya que los pies comenzaron a dolerme de tanto andar y además se hizo de noche.

Empecé a asustarme. ¿Qué debía hacer? ¿Pedir auxilio a la primera persona que pasase? Mi madre me había repetido muchas veces que no hablase con desconocidos. Tal vez, sin saberlo, me dirigiese a un ser malvado que se aprovechase de mi situación para raptarme. Lo mejor sería avisar a la policía; pero ¿dónde podía encontrar a la policía?

En ese instante, sentí unos golpecitos en mi hombro. Me volví. Frente a mí estaba un hombre mayor, casi anciano. Vestía ropas viejísimas, llenas de rotos y de remiendos; su pelo cano era largo y estaba sucio y despeinado; no llevaba barba, pero era evidente que hacía varios días que no se afeitaba. Era uno de esos vagabundos de la ciudad, que duermen en cualquier parte cuando cae la noche y comen de la caridad o de lo que encuentran. Aunque su aspecto era deplorable, había algo en su mirada que me tranquilizó.

— ¿Te has perdido? —me preguntó.

— Sí —respondí.

— No te preocupes. Te acompañaré hasta la comisaría.

Caminamos un buen rato en silencio, el uno junto al otro, despacio, como si llegar a la comisaría no fuese algo urgente. Desembocamos en una calle ancha y junto a una esquina aquel vagabundo se detuvo y extendió su brazo en una dirección.

— ¿Ves aquel edificio, frente al que hay aparcados varios coches de la policía?

— Sí.

— Allí está la comisaría. Anda, ve y diles que te has perdido. Yo prefiero dejarte aquí. Nunca me he llevado muy bien con los policías.

Quería dar las gracias a aquel hombre, pero lo único que salió de mi boca fue una pregunta:

— ¿Vive usted por aquí?

— Por aquí, por allá... —me respondió—. Vivo en la ciudad, en cualquier parte de la ciudad. Sin ella, no existiría.

— Pero... se sentirá usted muy solo.

— Me he acostumbrado.

Aquel hombre se dio media vuelta y se marchó, despacio, sin prisas, como el que no pretende llegar a ninguna parte.

Aquella noche me sentí por primera vez perdido y solo.

Pero no descubrí lo que era la soledad hasta que no vi a aquel vagabundo alejarse por las calles desiertas de la ciudad, con su andar lento y monótono, como un bulto negro, al que la luz y la penumbra que producen las farolas daban un aspecto misterioso.

En la comisaría, al borde de un ataque de nervios, se hallaban mis padres con tía Merceditas. Cuando llegué, estaban denunciando mi desaparición.

9. *La primera vez... que hice teatro*

En el colegio al que iba, los mayores, es decir, esos que entonces tendrían quince o dieciséis años, decidieron montar una obra de teatro. Desde el momento en que me enteré, no hice más que darle vueltas y más vueltas a mi cabeza. No sé por qué, pero me obsesionaba ese hecho en apariencia tan normal y corriente.

— ¿Te has enterado? —le preguntaba una y otra vez a Juanjo.

— Que sí —me respondía él un poco harto.

— ¿Y por qué crees que han decidido hacer teatro?

— Para pasarlo bien, supongo.

El teatro no era una actividad frecuente en mi colegio, al contrario, resultaba casi insólito que alguien, aunque fuesen los mayores, hubiese decidido montar una obra.

Para mí, no sé muy bien por qué, la palabra *teatro* estaba llena de magia y de misterio. El teatro, aun sin conocerlo, me atraía inexplicablemente. Debió de ser también una fuerza misteriosa la que me empujó una tarde hacia el salón de actos, donde los mayores iban a comenzar a ensayar la obra elegida, el *Julio César*, de Shakespeare.

En el instante en que llegué se estaban repartiendo los papeles. Hacían unas pruebas muy elementales y sin muchas consideraciones, porque se necesitaban muchos actores, se iban asignando los personajes.

— Tú serás Julio César —decía el que parecía llevar la voz cantante—. Y tú, Marco Bruto.

— Ayer quedamos en que Julio César sería yo —protestaba Marco Bruto.

— ¡Yo soy el director! —se enfadaba el que llevaba la voz cantante—. ¡Yo tengo que repartir los papeles! No protestes, Bruto es el personaje más importante.

Aprovechando la penumbra en la que se encontraba el salón de actos, me fui acercando hacia el escenario, donde en tropel se encontraban los mayores.

— Tú serás Casio —continuaba el director—. Tú, Cicerón; tú, Antonio; todos vosotros seréis los criados de Bruto...

— ¿Y qué pasa con las chicas? —preguntó alguien.

Mi colegio no era mixto. Era sólo masculino. Por eso, cuando alguien habló de las chicas se organizó un pequeño revuelo. El director lo acalló tajantemente.

— ¡Silencio! —gritó—. Si vamos a representar *Julio César* es precisamente por las pocas mujeres que intervienen. Sólo nos hacen falta dos, y el tema ya está resuelto. Calfurnia, la esposa de César, será mi hermana. Y Porcia, la esposa de Bruto, será una prima de Manolo.

El tal Manolo asintió con la cabeza.

Me encontraba ya muy cerca del escenario, semiescondido entre las butacas. Entonces, obedeciendo ese impulso extraño que me invadía, salí al pasillo y dije:

— Os he oído comentar que esta obra tiene muchos personajes y necesita muchos actores. ¿No podrías darme un papel a mí?

Todos se me quedaron mirando y comenzaron a decirme cosas poco agradables:

— ¡Largo de aquí, pequeñajo!

— ¡Fuera! ¡Esto es cosa de personas mayores!

— ¡Vuelve a la guardería!

Yo, claro, tuve que marcharme, triste y cabizbajo. Esos mayores eran unos desconsiderados.

Sin embargo, al día siguiente volví al salón de actos, y al otro, y al otro, y al otro...

Me escondía entre las butacas y asistía en silencio a los ensayos. Nada podría hacerme más feliz en aquellos momentos que participar en la obra.

Un día, el que hacía de director se lamentó en voz alta:

— ¡Necesitamos más gente!

— ¿Más?

— ¡Nos hacen falta soldados y ciudadanos!

Al oír aquellas palabras, volví a salir de mi escondite, ante el asombro de todos, y volví a suplicar un papel, por pequeño que fuese. Esta vez no me rechazaron, como la primera. Necesitaban urgentemente más actores.

— Soldado, no —me dijo el director—. Eres muy pequeño para soldado. Serás el mensajero del acto quinto y también podrás formar parte de la turba de ciudadanos del acto tercero.

— ¡Dos papeles! —me sorprendí.

Di las gracias a todo el mundo y les aseguré que no los defraudaría. Aquella misma noche ya me sabía de memoria mis dos papeles. Mientras duraron los ensayos, que fue el curso entero, no falté ni un solo día, aunque no tuviese que intervenir.

La obra se representó en una fiesta de fin de curso. Recuerdo que fue un gran éxito. El público —todos familiares y amigos— nos aplaudió a rabiar. Tuvimos que salir a saludar varias veces desde el escenario.

Yo, como ciudadano, no tenía que decir nada; pero sí como mensajero. En la escena primera del acto quinto me presentaba a Antonio y Octavio y les decía:

«¡Preparaos, generales...! ¡El enemigo avanza en bizarra ostentación! ¡Ha enarbolado su sangrienta bandera de combate, y es preciso tomar en seguida las medidas necesarias!»

Eso era todo.

Lo dije de un tirón, con voz firme y segura.

¡Qué caprichosa es la memoria! A pesar de los años transcurridos, aún recuerdo aquel párrafo, como si ahora mismo estuviese en el escenario del salón de actos del colegio.

10. La primera vez... que fui al centro

Para llegar a la parada del autobús, había que subir por mi calle unos treinta metros y luego girar a la derecha, por otra más ancha, a la que todo el mundo llamaba calle Real, aunque su verdadero nombre era otro. La calle Real era la más importante de mi barrio. En ella estaban las principales tiendas, la farmacia, la funeraria, algunos bares, la pastelería, el despacho de quinielas...

A veces me preguntaba por qué todo el mundo se olvidaba del verdadero nombre de la calle y prefería llamarla, simplemente, Real. Llegaba a pensar que tal vez el rey la utilizase en sus desplazamientos, pero al momento caía en la cuenta de que no había rey, porque cuando yo era pequeño el que mandaba en el país era un militar bajito que no recuerdo cómo se llamaba. ¿Entonces? Tal vez el nombre le viniese de antiguo. Y aunque los rótulos se hubiesen cambiado, el nombre seguiría en la memoria de la gente.

La parada del autobús estaba al principio de la calle Real, frente al bar de *El Pirata*, al que le pasaba lo mismo que a la calle, que su verdadero nombre era otro.

Me gustaba colocarme junto a la puerta del bar, apoyado en una farola, y observar el autobús. Me quedaba embelesado mirando cómo subían y bajaban los pasajeros. Al final, cerraba sus puertas cansinamente, soltaba por el tubo de escape una apestosa nube grisácea y partía hacia el centro de la ciudad.

¡El centro! Cuando era pequeño me imaginaba que el centro de la ciudad tenía que ser tan fantástico como ese centro de la Tierra de la novela de Julio Verne. ¡El centro! Uno de los mayores sueños de mi infancia fue tomar aquel autobús y marcharme al centro.

Un día no pude resistir más la tentación. Tenía todos mis ahorros en el bolsillo, apenas unas cuantas monedas, pero lo suficiente para ir hasta el centro y regresar en el autobús.

Me escondí en un portal, junto al bar, para que nadie pudiese adivinar mis intenciones, y esperé pacientemente. Al cabo de unos minutos, comencé a oír el rugido de un potente motor, y al instante un autobús se detuvo en la parada. Entonces, salí corriendo, crucé la calle y entré de un salto en el vehículo. Saqué un billete y me senté junto a las ventanillas.

Algunas veces, no muchas, había hecho ese trayecto con mis padres, pero nunca solo, que es como de verdad se perciben las cosas importantes. A los diez minutos de trayecto, con el rostro pegado al cristal de la ventanilla, reflexionaba sobre lo grande que era nuestra ciudad, o al menos lo grande que a mí me parecía. A los veinte minutos, el viaje comenzó a resultarme largo y algo aburrido, ya que lo que veía desde la ventanilla siempre era lo mismo: casas y más casas, coches y más coches, gente y más gente...

Pregunté al conductor al cabo de la media hora:

— ¿Este autobús va al centro?

— Sí —respondió él, sin inmutarse.

— ¿Y falta mucho? —insistí.

— Dos paradas y final de trayecto.

No volví a sentarme. Aguardé con impaciencia junto a la puerta hasta ese final de trayecto, que suponía en el mismísimo centro de la ciudad.

Cuando el autobús se detuvo en la última parada, salté al exterior y respiré profundamente. ¡Al fin estaba en el centro! Ya podía disfrutar a mis anchas de las maravillas del centro: escaparates enormes de todo tipo, carteleras de cines, bancos de fachadas gigantescas, rascacielos, plazas con fuentes que cambiaban de forma...

Comencé a caminar y, sin quererlo, tuve que acelerar el paso para no ser arrastrado por el gentío que circulaba en esos momentos por la acera.

— ¡Eh! ¡Que yo no quiero ir por ahí! —protesté, cuando me vi cruzando una calle que no quería cruzar.

La masa de gente me llevaba de un lado a otro, como si fuese un barquito de papel a merced de las olas del mar. A veces, intentaba detenerme para mirar cualquier cosa, pero casi no me dejaban. Y lo malo era que la masa de gente estaba por todas partes. No había forma de librarse de ella.

— Oiga —pregunté a una señora—. ¿Esto es el centro?

La señora iba tan deprisa que ni se enteró. Insistí con otra señora y luego con un señor, al que tuve que tirar de la manga de su chaqueta para que me hiciese caso.

— ¡Sí! ¡Esto es el centro! ¿Es que no lo ves? —me respondió de mala gana.

Miré a mi alrededor, por si no me había fijado bien. Cientos de cuerpos se movían de un lado a otro y me impedían cualquier visión. El ruido, una mezcla de mil sonidos a la vez, me abrumaba de tal manera que comenzó a dolerme la cabeza. El aire, además, estaba sucio y contaminado y se respiraba con alguna dificultad.

Pero no me desanimé. Descubrí algún cine, con sus enormes carteleras que llenaban toda la fachada del edificio; descubrí algún banco gigantesco, descubrí algún rascacielos, descubrí algún escaparate deslumbrante... Eso sí, al cabo de una hora, me sentía extenuado, como si acabase de correr una maratón.

Mientras regresaba a la parada del autobús, cuyo emplazamiento recordaba gracias a su proximidad con unos grandes almacenes, me preguntaba qué cosa extraña tendría el centro para cansar a la gente de esa manera. En mi barrio, periférico, suburbial, podía pasarme la tarde entera corriendo de un lado a otro y no me cansaba; sin embargo, en el centro, en apenas una hora, me sentía agotado.

Llegué a la parada y entré en el autobús. Pagué el billete con el resto del dinero que me quedaba y regresé a mi barrio, a mi barrio periférico, suburbial.

Durante años, cada vez que volvía al centro de la ciudad, sentía un ahogo extraño y una fatiga que invadía todo mi cuerpo. Y aún hoy, cuando camino por una de esas aceras del centro, abarrotada de gente, vuelvo a sentirme como un barquito de papel perdido en medio del océano.

11. La primera vez... que viajé en tren

Me subí la cremallera de la bragueta con un poco de dificultad, ya que el tren en ese preciso instante comenzó a moverse de un lado a otro, como si las vías se encontrasen en mal estado. Luego, abrí la puerta del servicio y salí al pasillo. Era de noche y todo estaba en penumbra.

Me dirigía tranquilamente a mi compartimiento cuando oí un ruido. No era uno de esos crujidos de los vagones, ni el rechinar de las ruedas, ni el monótono traqueteo... Era un ruido distinto, áspero al oído, prolongado... Daba la sensación de que algo o alguien era arrastrado por el suelo.

Alcé la cabeza y miré con atención hacia el otro extremo del pasillo, donde la luz era incluso más escasa. Allí había algo que se movía. Parecían personas, dos o tres, revolviéndose con brusquedad. Pegué mi espalda a un lateral del pasillo y avancé despacio. Poco a poco, el bulto se fue aclarando.

Se trataba de dos hombres, uno más bien joven, muy alto, de complexión fuerte, moreno, de facciones duras. El otro era mucho mayor, más bajo, de aspecto débil y enfermizo, con poco pelo y un rostro curtido, surcado por profundas arrugas.

Sabía perfectamente cómo eran esos dos hombres porque ambos viajaban en mi compartimiento. Había tenido tiempo de sobra para observarlos con detalle durante el viaje. Cuando me levanté porque tenía ganas de ir al servicio, ellos se quedaron en sus asientos, dormitando. Sin embargo, ahora..., ¿qué estaban haciendo?

Me acerqué un poco más, con muchísimo cuidado, y vi que entre los dos arrastraban el cuerpo de una mujer.

¡Qué horrible! La pobre mujer tenía un enorme cuchillo clavado en su pecho. Debía de estar muerta. Seguramente aquellos dos hombres la habían asesinado. Con el cuerpo a rastras llegaron hasta el final del pasillo, donde se encontraba una de las puertas del vagón.

Se detuvieron jadeantes junto a la puerta. El más joven la abrió de par en par. Noté el aire frío del exterior recorriendo el pasillo. A toda prisa, aquellos dos hombres levantaron el cuerpo de la mujer y lo arrojaron fuera del tren, cerrando la puerta a continuación.

Yo estaba sencillamente aterrorizado. Sin quererlo acababa de convertirme en testigo de un horrendo crimen. Sabía que algo tenía que hacer, pero..., ¿qué? Lo más urgente era salir de aquel lugar antes de que los dos hombres descubriesen mi presencia, pues en ese caso mi vida correría serio peligro. Retrocedí asustado hasta el servicio y me encerré en él.

Al cabo de varios minutos salí de nuevo al exterior y por aquel pasillo tenebroso me dirigí hasta mi compartimiento. Entré con la esperanza de que allí se me ocurriría alguna idea, pero lo que vi estuvo a punto de helarme la sangre. Aquellos dos hombres estaban acomodados en sus asientos, dormitando. Incluso, el más viejo roncaba de vez en cuando.

En ese preciso instante apareció el revisor en la puerta, solicitándonos los billetes. Pensé que debía decírselo a él. Era mi obligación denunciar a aquellos dos tipos que acababan de cometer un crimen.

Le di mi billete al revisor y, cuando iba a gritarle que estábamos frente a dos asesinos, me quedé mudo y paralizado. El hombre más joven se había llevado la mano al interior de su chaqueta, donde sin duda guardaba una pistola en una sobaquera de cuero. ¿Qué hacer en semejante situación? Si hablaba, si decía una sola palabra, seguro que vaciaba el cargador de su pistola en mi indefenso y asustado cuerpo.

Permanecí inmóvil toda la noche, como una estatua.

Poco después del amanecer llegamos a nuestro destino. Aquellos dos hombres cogieron su equipaje y salieron. Yo los seguí, con mi pequeña maleta en la mano.

En el andén me esperaban mi tía Matilde, mi tío Jonás y mi primo Jonasito. Iba a pasar dos semanas con ellos. Después de saludarnos y de darnos un beso, me quedé mirando a aquellos dos hombres del compartimiento, que ya se alejaban por el andén.

Comencé a reírme.

— ¿De qué te ríes? —me preguntó mi primo.

— Son cosas mías —le respondí.

— ¿Y no puedes contármelas?

— Es que durante el viaje me lo he pasado fenomenal imaginándome cosas.

— ¿Y qué te imaginabas?

— Pues que esos dos hombres habían cometido un crimen en el tren.

— ¿Un crimen? ¡Cuéntamelo todo!

Aquella fue la primera vez. Pero desde entonces, cada vez que viajo en tren, no puedo evitar que mi mente imagine cosas, y más cosas... No me importa. Así, el viaje me resulta mucho más divertido.

12. La primera vez... que vi la tele

Cuando yo era pequeño no había tele. Mejor dicho, había tele, pero no la tenía todo el mundo, como ahora. Hacía poco tiempo que se había inventado y menos tiempo aún que había llegado a nuestro país.

La tele la solían tener algunos bares y los ricachones. Los demás, oíamos la radio y jugábamos a todas horas en la calle. Jugar en la calle era tan divertido que a nadie le interesaba demasiado ese nuevo invento, que parecía un cine canijo y siempre en blanco y negro.

Una tarde encontré a mi padre muy contento.

— ¡Televisan el partido entre el Real Madrid y el Barcelona! —me dijo—. Iré a verlo al bar de *El Pirata.*

El bar de *El Pirata* era uno de los más grandes y famosos de mi barrio.

— ¿Puedo ir contigo? —le pregunté—. Yo también quiero verlo.

Nunca había visto el bar de *El Pirata* tan lleno de gente. Estaban las mesas abarrotadas, y el mostrador, y los laterales, y el pasillo... Fermín, Joaquín y Serafín, los camareros, no daban abasto sirviendo cervezas, vinos, refrescos, raciones...

Nos sentamos con Ricardo, un amigo de mi padre, que nos había reservado un par de sillas. Por suerte para mí, Ricardito, el hijo de Ricardo, también había ido a ver el partido. Ricardito y yo éramos buenos amigos, aunque mi madre aseguraba que Ricardito estaba hecho de la mismísima piel del diablo.

Cinco minutos antes del partido, Serafín cogió una silla y se dirigió hasta el lugar en donde se encontraba la tele. Se subió a ella y abrió unas puertas de madera que había en la pared. Ante todos apareció el enorme armatoste del televisor, tan grande como un baúl, todo lleno de botones y teclas.

— ¡Date prisa, Serafín, que ya falta poco! —gritó un parroquiano impaciente.

Sentí la pierna de Ricardito golpeándome ligeramente por debajo de la mesa. Cuando me volví para ver qué quería, me mostró el canutillo de un bolígrafo *Bic* y un puñadito de arroz. Luego, como una centella, se metió los granos de arroz en la boca y comenzó a dispararlos por el canutillo, como si de una cerbatana se tratase. Los granos de arroz impactaron en el cogote de Serafín, que conectaba en esos instantes el televisor.

— ¿Quién ha sido el gracioso? —gruñó Serafín.

Ricardito me miró de reojo y sonrió.

A la hora prevista comenzó el partido y todos en el bar seguían con ansiedad sus lances. La pantalla gris parecía ejercer una irresistible atracción, a la que nadie escapaba.

Ricardito y yo, que no nos sentíamos muy interesados por el fútbol, hablábamos en voz baja, ya que se nos había ocurrido una idea la mar de divertida. Yo me encargaría de la primera parte y él de la segunda.

La primera parte consistía en coger de la mesa de al lado el tarro de bicarbonato que don Anselmo había pedido a uno de los camareros para aplacar su acidez de estómago. La segunda parte consistía en verter parte de aquel bicarbonato en las cervezas que en otra mesa estaban tomando dos parroquianos.

Llevar a cabo nuestro plan resultó facilísimo, pues todos se encontraban absortos con la tele. ¡Lo que nos reímos Ricardito y yo! Aquellos dos hombres bebieron un largo trago de cerveza para festejar el primer gol y... ¡las caras que pusieron!

También lo pasamos fenomenal cuando a Ricardito se le ocurrió echar una cucaracha, que llevaba dentro de un frasquito, en medio de la ración de patatas al alioli que comía sin mirar don Celedonio.

Varias veces estuvo a punto de pinchar don Celedonio a la pobre cucaracha, que pringada de alioli no podía escaparse del plato. Cuando la descubrió, don Celedonio comenzó a dar voces, diciendo que todos en aquel bar eran unos marranos. Pero en ese momento acababan de meter el segundo gol, el del empate, y nadie le prestó atención.

Poco después, Ricardito sacó de otro bolsillo tres bombas fétidas y las tiró al suelo. Yo me sorprendí de la cantidad de cosas que podían salir de los bolsillos de Ricardito. A los pocos segundos, un olor repugnante e inmundo lo invadió todo. Mi padre y Ricardo se miraron, luego nos miraron a nosotros y, a la vez, dijeron:

— ¡Ya está bien!

Se pusieron de pie, nos cogieron por las orejas y nos sacaron del bar. Después, volvieron a entrar, pues el partido seguía prometiendo mucho.

Ricardito y yo decidimos dar un paseo por el barrio, pero antes encendimos una traca que, por supuesto, salió de uno de sus bolsillos. La tiramos dentro del bar de *El Pirata.* ¡La que se armó! Por culpa de la traca, todo el mundo se perdió el tercer gol del partido, y entonces no había repetición de la jugada.

¡Lo que corrimos Ricardito y yo para que no nos pillasen!

Ya lejos del bar de *El Pirata*, le comenté:

— Dice mi madre que estás hecho de la mismísima piel del diablo.

Ricardito se encogió de hombros.

Ahora me doy cuenta de una cosa: la primera vez que fui a ver la tele lo pasé estupendamente; pero, eso sí, no vi la tele.

13. La primera vez... que me sacaron una muela

Desde que salí del colegio aquella tarde tenía un negro presentimiento. Había algo que no me gustaba nada, aunque no podía saber con claridad de qué se trataba. Me dije, por tanto, que lo mejor sería marcharme directamente a mi casa, encerrarme en mi cuarto y no querer saber nada de nadie.

Enfilé mi calle y, cuando estaba aproximándome al portal de mi casa, divisé a una mujer detenida en la acera, mirándome.

Aquella mujer se parecía a mi madre, mejor dicho, era idéntica a ella, incluso vestía su misma ropa, llevaba su mismo bolso, se peinaba con el mismo estilo...

Nadie hubiese podido distinguirlas; sin embargo, yo sabía que se trataba de una impostora, que probablemente se disponía a secuestrarme con quién sabe qué intenciones.

Pasé a su lado sin decir nada; pero cuando iba a entrar al portal, una de sus manos me sujetó por el hombro.

— Suélteme, señora, por favor —le dije—. Tengo que ir a mi casa.

— Tú no vas a casa —me respondió—. Ya sabes a dónde tenemos que ir. Y no vuelvas a llamarme *señora.*

Estaba perdido si no actuaba rápidamente. Miré a un lado y a otro, pero en ese momento no pasaba nadie a quien pedir auxilio. No tuve más remedio que actuar por mi cuenta: me agaché de golpe, girando al mismo tiempo mi cuerpo, hasta que conseguí desembarazarme de la mano que me sujetaba. Una vez libre, eché a correr calle abajo.

Pero de repente un hombre me salió al paso. Estaba escondido dentro de un coche que era como el nuestro, con la misma matrícula incluso. Aquel hombre era igualito que mi padre, idéntico, como dos gotas de agua. Me agarró por los brazos y me gritó:

— ¡Ya basta!

En seguida llegó la mujer y entre los dos me inmovilizaron.

En ese momento pasó frente a nosotros Pepe, que era policía municipal y amigo de mi padre.

— ¡Pepe! —grité con todas mis fuerzas—. ¡Pepe, quieren secuestrarme! ¡Pepe, ayúdame!

Pepe se quedó mirándonos durante unos instantes, se colocó su gorra y se echó a reír, como si lo que hubiese visto le hiciese gracia.

— ¡Ánimo! —me dijo—. Todos hemos pasado por ese trago.

— ¡Pretenden encerrarme en una mazmorra para arrancarme el corazón!

Pepe movió la cabeza y, mientras se alejaba, le oí decir:

— Estos chicos de ahora ven demasiadas películas en el cine.

Me sentía perdido, completamente perdido, atenazado férreamente por aquel hombre y aquella mujer, idénticos a mis padres. Me metieron en el coche que era idéntico al nuestro y me llevaron lejos de mi barrio.

Al cabo de unos diez minutos aparcaron el coche y me bajaron de él, sin soltarme ni un instante. Huir era, sencillamente, imposible.

Me introdujeron en un portal grande y suntuoso, lleno de mármoles y espejos; luego, en un ascensor moderno, con un cuadro de pulsadores lleno de números y lucecitas; y por último, en un piso amplio y limpio.

La mujer que se parecía a mi madre habló durante unos segundos con otra que vestía una bata blanca.

— ¡Pueden arrancarme el corazón! —les grité—. ¡Estoy resignado con mi suerte! ¡Moriré como un valiente!

— ¡Cállate! ¡No seas ridículo! —me dijo la mujer que se parecía a mi madre.

Me introdujeron en la sala de martirio. Era pequeña y llena de horribles y espeluznantes instrumentos. Posiblemente querían hacerme hablar antes de acabar conmigo.

Me sentaron en el potro de tortura y encendieron una luz cegadora a escasos centímetros de mis ojos. En ese instante, de repente, apareció un personaje de aspecto siniestro, también con bata blanca, que me introdujo una jeringuilla por la boca y me inyectó algo en una encía, posiblemente algún veneno.

— ¡No hablaré! —volví a gritar con todas mis fuerzas—. ¡No diré nada! ¡No delataré a mis compañeros! ¡Moriré como un héroe!

— ¡Basta ya! —me replicó esta vez el hombre que se parecía a mi padre.

El personaje siniestro metió a continuación unas tenazas en mi boca y comenzó a forcejear. Yo pensaba que era raro que pretendiese arrancarme el corazón por la boca. Lo más lógico sería que me abriese el pecho, como había visto en alguna película de terror.

— ¡Ya está! —exclamó satisfecho el personaje siniestro, y alzó las tenazas con una de mis muelas.

Me enjuagué la boca y, después de que la enfermera me colocase un algodón en la herida, salté del sillón. Luego, di la mano a mis padres y los tres juntos regresamos a casa.

— Te haré un flan para cenar —dijo mi madre, para tratar de consolarme.

Sé que hay gente que va al dentista tan tranquila, sin miedo. Lo sé. Conozco algún caso. En este mundo queda mucha gente rara, ya lo creo.

14. La primera vez ... que descubrí la muerte

Juanón era muy alto y muy grande, pero cuando le mirabas con detenimiento te dabas cuenta de que no era gordo, nada gordo. Incluso, estaba delgado, flaco por algunas partes, lleno de ángulos desmesurados, de prominencias llamativas. Su aspecto, sobre todo en la primera impresión, era el de alguien extraordinario. Sus hombros eran anchos, anchísimos; sus brazos muy largos, rematados por unas manazas cortas y vastas; su cintura, alta, parecía salirle de las mismísimas costillas; sus pies... ¡Ay, sus pies! Sus pies era lo que más llamaba la atención de la chiquillería.

— ¡Juanón! —le gritábamos al verlo pasar—. Juanón, ¿qué número gastas de zapatos?

— No lo sé.

— Tienes que saberlo, si no, ¿cómo te los compras?

— Nunca me he comprado zapatos. Un primo mío tiene una fábrica de zapatos y me los hace a la medida. Además, me los regala.

Siempre le preguntábamos lo mismo y él, con una imborrable sonrisa dibujada en sus labios, también nos respondía lo mismo.

Luego, con paciencia infinita, nos dejaba que fuésemos colocando nuestros pies al lado de los suyos, para comprobar la diferencia de tamaño.

— Yo creo que calzas un cuarenta y siete —comentaba Juanjo.

— O un cuarenta y nueve —añadía Dani.

— ¡Os quedáis cortos! —reía Juanón de buena gana.

Juanón era el más pequeño de cuatro hermanos. Todos estaban casados menos él. Los hermanos se habían ido a vivir a distintos lugares de la ciudad, lejos del barrio. Sólo Juanón vivía en la casa de sus padres. Pero como su padre había muerto hacía muchos años, vivía solo con su madre.

Doña Beatriz era la madre de Juanón. Lo primero que llamaba la atención de ella era que no se parecía en nada a su hijo. Era pequeña, pequeña, muy bajita y muy menuda. Al lado de su hijo, parecía una sombra insignificante.

Todo el mundo decía en el barrio que Juanón adoraba a su madre. Pero aunque nadie lo hubiese dicho jamás, yo me hubiese dado cuenta. Bastaba verlos pasear. Ella se colgaba del brazo de él y así podía prescindir del bastón que la ayudaba a soportar la artrosis de sus piernas.

Todas las tardes del año, como si se tratase de un rito, salían de su casa y, caminando lentamente, se dirigían a *La Central*, una antigua cafetería con cristaleras a la calle. Se sentaban siempre en la misma mesa, junto al gran ventanal, mirando hacia el exterior. Juanón se tomaba un café con leche y doña Beatriz, sólo un vaso de agua.

Aquella hora que pasaban sentados en la cafetería, estoy seguro, era el momento más importante que vivían cada día. Se sentían felices, el uno junto al otro, correspondiendo a los saludos de todos los conocidos, imaginando esos comentarios que todo el mundo hacía, esos comentarios siempre llenos de cariño.

Para doña Beatriz y Juanón la vida era eso, y se sentían felices de vivir. Sólo había que observar la sonrisa de Juanón, esa sonrisa que se apoderaba de su cara entera, esa sonrisa que iluminaba la cristalera de *La Central*.

Un día, alguien me dijo que doña Beatriz y Juanón no estaban, como cada tarde, en *La Central*. Sin poder creérmelo, corrí hacia allí y, aún fatigado, pegué mi cara al cristal de los ventanales. Era cierto, su mesa estaba vacía. Al día siguiente tampoco fueron, ni al siguiente del siguiente...

Al cabo de una semana todo el barrio lo sabía: doña Beatriz había muerto.

Yo creía que sabía lo que era la muerte. «¿Y quién no lo sabe?», pensaba. Había visto muchas películas donde la gente se moría. También se habían muerto una tía de mi padre y un vecino del portal de al lado.

Creía saber lo que era la muerte, pero estaba equivocado. Yo descubrí la muerte una tarde, unos días después del entierro de doña Beatriz, cuando Juanón salió por primera vez de su casa solo.

Su cuerpo, sin la figura diminuta de su madre al lado, parecía más grande y desproporcionado; sus pasos, aunque le conducían como tantas otras veces hasta *La Central*, estaban irremediablemente perdidos, al igual que sus manazas, que no encontraban ni su sitio ni su sentido.

Lo miré fijamente a través de los cristales de la cafetería. Se sentó en la misma mesa de siempre y al momento el camarero le sirvió un café con leche y un vaso de agua. Juanón se tomó el café y se quedó mirando aquel vaso de agua como si se tratase de un tesoro.

Me acerqué más al gran ventanal de la cafetería, hasta que pude ver el rostro de Juanón con claridad. Su sonrisa, esa sonrisa que yo imaginaba eterna, había desaparecido.

Creo que en ese preciso instante descubrí lo que era la muerte.

15. La primera vez... que sentí miedo

La periferia de la ciudad, el suburbio en donde viví toda mi infancia, tiene algunas ventajas. Por ejemplo, das cuatro pasos y, como por arte de magia, se acaba la ciudad y comienza el campo.

Desde mi barrio se veía, allá lejos, tras una llanura sembrada de avena, el edificio abandonado de un antiguo hospital. Para llegar a él había un camino de tierra muy maltrecho, que casi desaparecía en algunos recodos, asediado por la abundante maleza.

Para los niños del barrio aquel camino, casi nunca transitado, tenía algo especial: una mezcla de misterio y encanto. Algunas tardes, todos juntos, nos internábamos por el camino y llegábamos hasta las ruinas del hospital. A pesar de las advertencias de los mayores, entrábamos en el edificio y recorríamos sus salas desiertas, silenciosas, algo fantasmales...

Un día, Guillermo, que pasaba por ser el más valiente del grupo, tuvo una idea.

— Tenemos que venir por la noche —dijo—.

Nos acercaremos de uno en uno hasta las ruinas del hospital.

— ¿Para qué? —le preguntó Dani.

— Para demostrar nuestro valor.

En aquel momento todos nos sentimos capaces de hacerlo, todos nos sentimos muy valientes.

Elegimos una tarde de invierno, de esas en que anochece tan pronto. Había luna llena. Dijimos en nuestras casas que íbamos a estudiar a la biblioteca porque teníamos un examen muy difícil al día siguiente.

Cuando llegamos al lugar de donde arrancaba el camino se produjo un profundo silencio en el grupo. La luz de la Luna llenaba el paisaje de profundas sombras.

Guillermo sacó un pedazo de tiza de su bolsillo y dijo:

— Cada uno tendrá que llevar la tiza consigo. Al llegar a las ruinas escribirá su nombre sobre la puerta de entrada. Así sabremos quién ha llegado hasta el final y quién no.

Algunos se rajaron en ese instante. Eso sí, nadie les llamó cobardes ni nada por el estilo. Todos nos hacíamos cargo de la situación.

Los demás comenzamos la operación.

El primero, claro, fue Guillermo. A paso ligero se internó por el camino y en unos segundos su silueta desapareció entre la oscuridad. Todos permanecimos en silencio, sin movernos apenas, con la vista clavada en aquel camino, esperando con ansiedad su vuelta.

Al cabo de un rato regresó Guillermo. Venía sudoroso, con la respiración entrecortada. Sin decir nada me tendió la tiza. Al cogerla, noté un temblor extraño en su mano.

Con el trozo de yeso entre mis dedos me introduje por aquel camino. Al instante, me sentí solo, completamente solo en medio de la noche silenciosa. Únicamente escuchaba de vez en cuando el bufido del viento, frío y seco.

Sabía que todas aquellas sombras del camino eran árboles, o matorrales, o piedras... Lo sabía de sobra, pero en aquel momento cada árbol se había convertido en un fantasma terrorífico, cada matorral en un hombre-lobo, cada piedra en un horrible monstruo... Miré hacia lo alto y tuve la sensación de que el cielo estaba lleno de sanguinarios vampiros dispuestos a lanzarse sobre mí.

Temblaba y sudaba, y notaba cómo el corazón me martilleaba el pecho con fuerza. Pero seguí caminando, a pesar de que del suelo salían cientos de manos deformes que querían atraparme, quizá para arrastrarme al interior de un abismo sin retorno.

Caminaba cada vez más deprisa, procurando no pensar en nada, hasta que, de pronto, la vieja puerta del ruinoso hospital apareció ante mis narices. Levanté la mano y escribí mi nombre con la tiza. Luego me volví y miré hacia el camino. Tuve la sensación de que todos los fantasmas del mundo, y todos los monstruos, dragones, vampiros, zombis, hombres-lobo... estaban frente a mí, cerrándome el paso.

Eché a correr como loco, moviendo mis brazos,

como si quisiese espantar a manotazos todo aquel séquito terrorífico. Corrí y corrí, hasta que choqué con violencia contra el grupo que formaban mis amigos al comienzo del camino. Respiré profundamente y entregué a otro la tiza.

Cuando todos los que se sintieron con valor suficiente se internaron por el camino, regresamos al barrio.

Al día siguiente volvimos todos juntos a las ruinas del hospital, para comprobar cuántos nombres habían sido escritos en la puerta. Al llegar, vimos que sólo había dos nombres escritos, el de Guillermo y el mío. Se notaba que los dos habían sido escritos a toda velocidad. ¡Pero ahí estaban!

Desde entonces me convertí en un valiente. Todos los chicos del barrio me admiraban un poco. Lo que no sabían ellos es que aquella tarde-noche de invierno, con luna llena, yo sentí por primera vez en mi vida lo que era tener miedo.

16. *La primera vez... que merendé con el Capitán Trueno*

La historia que sigue a continuación se la he contado a muchas personas a lo largo de mi vida y he de confesar que hasta ahora nadie se la ha creído. Por eso, me he decidido a escribirla, tal vez pensando en esa sugestión mágica que a veces tiene la palabra impresa en un papel.

Comenzó una tarde de noviembre, lo recuerdo bien, de un día gris y otoñal. Durante la mañana había llovido mucho y las calles de mi barrio, algunas sin asfaltar, estaban llenas de charcos.

— ¡Cómo vienes! —me dijo mi madre nada más verme entrar en casa—. ¡Te has puesto perdido de barro!

Bajé la mirada y contemplé mis pantalones, mis zapatos... Mi madre tenía razón: traía la ropa hecha un asco. Por un instante, pensé explicarle que después del colegio nos habíamos quedado unos cuantos compañeros jugando a los piratas y que al final habíamos terminado peleándonos de verdad. Algunos hasta habían rodado por el suelo. Yo, sin embargo, tuve suerte y sólo me caí de rodillas una vez. Pero inmediatamente comprendí que sería mejor no decir nada.

— Es que ha llovido mucho —traté de disculparme.

— Eso no es agua, es barro.

Mi madre me hizo quitarme toda la ropa y luego me obligó a bañarme. Cuando salí del cuarto de baño, me esperaba en el pasillo; me entregó un trozo de pan con chocolate para merendar y me señaló mi habitación.

— Y ahora a estudiar —me dijo—. No quiero verte hasta la hora de cenar. Y aprovecha el tiempo, que luego pasa lo que pasa.

El «pasa lo que pasa» ya sabía yo lo que quería decir: se refería a las notas del colegio del mes de octubre, que no habían sido muy buenas, ni buenas, ni siquiera regulares... Habían sido, sencillamente, malas.

Así que me encerré en mi habitación, dejé el trozo de pan con chocolate sobre la mesa y de mi cartera saqué el cuaderno de pastas rojas. Ese cuaderno no era de Matemáticas, ni de Lenguaje, ni de Ciencias Naturales... Era el cuaderno más mágico de todos mis cuadernos, pues en él escribía y dibujaba todo lo que pasaba por mi imaginación. Allí se reunían poesías de amor a alguna chica, escritos burlescos contra algún profesor, aventuras imaginadas, viajes soñados...

A veces, me inventaba los personajes. Era divertido inventarse un personaje y ver cómo iba cobrando vida a medida que escribías. Pero otras veces recurría a personajes ya inventados: eran los héroes de mi infancia y adolescencia. Tuve muchos héroes, y no todos eran valientes y aguerridos; pero sin duda uno de los que más me fascinó fue el Capitán Trueno.

Se me había ocurrido una historieta estupenda en la que el Capitán Trueno, el mayor héroe de historietas de entonces, sería el protagonista, acompañado por sus inseparables Crispín y Goliath. Con una regla comencé a recuadrar las viñetas; haría seis por página para que los dibujos no estuviesen demasiado apretados. Luego, empecé a trazar los bocadillos, o globos, donde irían los textos. No sabía si ésa era la forma correcta de hacer una historieta, pero como no era un profesional, no me importó demasiado.

Después empecé a dibujar la primera viñeta, en la que, por supuesto, aparecía el Capitán Trueno en primer término, con su espada desenvainada y diciendo su famosa frase: «¡Por Santiago!»

Reconozco que no me salió muy bien este primer dibujo, a pesar de que lo copié de una revista que tenía sobre la mesa. Me quedé mirándolo un instante, algo embelesado, hasta que, de pronto, sentí una voz clara y rotunda a mis espaldas.

— ¿Ése soy yo? —me preguntó la voz.

Me volví un poco asustado y allí estaba él, mirando con curiosidad mi cuaderno. No me pareció ni muy alto, ni muy fuerte; su famosa melena estaba algo lacia y un poco sucia; tenía profundas ojeras y barba de varios días; mantenía las piernas cruzadas de forma extraña y no se quitaba las manos de los riñones.

— ¡Capitán Trueno! —exclamé emocionado.

— No chilles, muchacho —me suplicó—. Tengo un horrible dolor de cabeza.

Tras la primera impresión, le invité a sentarse en el borde de la cama. Pero él en seguida me preguntó por el cuarto de baño, pues me aseguró que ya no podía aguantarse más.

— ¡El guionista se olvida siempre de estas cosas y tenemos que arreglarnos de mala manera! —me dijo algo enfadado.

Yo abrí la puerta de mi habitación y me asomé al pasillo. Oí canturrear a mi madre en la cocina.

— Ahora puedes salir —le dije—. Es la puerta de enfrente.

Al cabo de unos minutos, el Capitán Trueno regresó a mi habitación. Su aspecto había mejorado considerablemente. Fue entonces cuando accedió a sentarse en el borde de la cama y cuando se comió la mitad de mi merienda, que yo le ofrecí. Me contó muchas aventuras que había vivido con Crispín y Goliath, me habló de las Cruzadas y de los sarracenos y recordó con emoción a Sigrid.

— ¡Ay, la bella Sigrid! —suspiró—. ¡Daría cualquier cosa por poder estrecharla entre mis brazos y besarla!

— ¿Y por qué no lo haces, Capitán Trueno?

— ¡Por Santiago que no puedo! ¡El guionista de mi historia siempre me lo impide! ¡Ah, si pudiese echármelo a la cara!

Y desde aquel día, muchas veces regresó a mi cuarto el Capitán Trueno, y en todas ellas cruzó con sigilo el pasillo y utilizó nuestro cuarto de baño. Luego, sentados en el borde de la cama compartíamos mi merienda y hablábamos, hablábamos y hablábamos.

Ya ha quedado escrito.

No sé si a partir de ahora alguien se lo creerá; pero... ¡por Santiago que he merendado muchas veces con el mismísimo Capitán Trueno en persona!

17. La primera vez... que salté la hoguera de Sant Antoni

De la casa de mi abuela, tan inmensa, recuerdo los pasillos largos y oscuros, con habitaciones a ambos lados; recuerdo la terraza cubierta y rectangular, con leñera y carbonera en uno de sus extremos. Recuerdo las escaleras angulosas, el recibidor siempre en penumbra, la lámpara de tela con poleas que subía y bajaba...

También recuerdo a mi abuela, siempre vestida de negro, sentada a la mesa camilla, junto al balcón, leyendo el periódico con parsimonia. Recuerdo su voz y su acento. De vez en cuando, se le escapaba una frase en ese idioma que ella había aprendido de sus padres, pero que la vida le había hecho relegar a un lejano rincón de su memoria.

— *Tanca la porta, xiquet* —se enfadaba porque yo había dejado la puerta abierta y se producía corriente.

Mi abuela era de Canals, un pueblo de Valencia

del que salió, aún joven, para establecerse en la gran ciudad. En las calles blancas de su pueblo debió de dejar muchas cosas importantes, sobre todo, su infancia.

Estoy seguro de que en la gran ciudad echaba de menos su tierra, su pueblo, su lengua, su gente... Estoy seguro de que también echaba de menos un olor a humo, un resplandor de fuego en medio de las noches claras de Levante, un sofoco en el rostro producido por el calor de las llamas, el eco de una canción coreada por el pueblo entero...

El fuego forma parte del alma de las gentes de Valencia. En el fuego encuentran razones para sentirse satisfechos y felices de vivir. Por eso, de vez en cuando, los valencianos necesitan hacer una hoguera y extasiarse ante las llamas que, implacables, reducen todo a un montón de cenizas.

Por eso, mi abuela, a pesar de que vivía en la gran ciudad, a muchos kilómetros de su pueblo valenciano, necesitaba también, al menos una vez al año, rememorar las costumbres de su tierra, para de esta forma sentirse un poco más próxima a ella.

El día era el diecisiete de enero, festividad de *Sant Antoni*, y el lugar el patio de su casa, un patio también inmenso, en el que pasé buena parte de mi niñez jugando incansablemente con mis primos.

Durante el año, toda la familia iba guardando los objetos inservibles o rotos, que se reservaban celosamente para la hoguera de *Sant Antoni*. Servía todo. La única condición era que pudiese arder.

El día señalado, a media tarde, comenzaba a levantarse una auténtica montaña de trastos viejos: cajones, sillas, todo tipo de tablas, escobas desmochadas, una puerta hecha trozos, el cerco de una ventana carcomido, periódicos atrasados... Con algo de imaginación se conseguía dar a la montaña alguna forma reconocible, y se la remataba de manera divertida, con un sombrero roto de paja o un enorme cucurucho lleno de cintas de colores.

Si para todos era importante aquella celebración, con el fuego de protagonista, para los niños era un verdadero acontecimiento que añorábamos durante todo el año y que esperábamos con ansiedad desde que la fiesta de Navidad tocaba a su fin.

La hoguera se prendía cuando llegaba la noche. Se apagaban las luces de la casa y todos, formando un enorme círculo, la rodeábamos en silencio. Luego, comenzaban a centellear algunos mecheros, que encendían improvisadas antorchas de papel y, en pocos minutos, la gran montaña comenzaba a arder por los cuatro costados.

Entonces, todos juntos, cogidos de la mano, alrededor de las primeras llamaradas que iluminaban la fría noche de enero, comenzábamos a cantar. Canciones de allí, del lejano pueblo de mi abuela, en Valencia. Los mayores brindaban y bebían. Los pequeños dábamos buena cuenta del turrón que había sobrado de las pasadas fiestas.

La hoguera se iba desplomando poco a poco, a medida que se consumía, entre cánticos y gritos. Entonces era cuando la impaciencia, sobre todo entre la chiquillería, alcanzaba sus más altas cotas. Estaba a punto de llegar el instante más esperado: los saltos.

Cuando la montaña ardiente se derrumbaba sobre sí misma y las llamas decrecían, los mayores daban la ansiada señal de partida. Ya se podía comenzar a saltar.

Recuerdo muy bien la primera vez que salté la hoguera de *Sant Antoni* solo. La había saltado alguna vez, en años anteriores, de la mano de mi padre, o de mis tíos; pero eso era diferente. Lo bueno era saltarla solo, sin ayuda de nadie.

Me costó algún trabajo convencer a mis padres.

— ¡Quiero saltar la hoguera!

— Tú solo, no.

— Pero... me dijisteis que cuando fuese mayor podría saltar solo la hoguera —insistía.

— ¿Acaso ya eres mayor?

— Pues claro. El año pasado era pequeño, pero este año ya soy mayor.

— Está bien, salta —me autorizó finalmente mi padre—. Pero ten mucho cuidado.

Cogí carrerilla y me detuve un momento. Miré aquellos rescoldos humeantes, de los que de vez en cuando salían pequeñas llamas. Respiré profundamente. Sentí una atracción especial, misteriosa, como si la hoguera me llamase, me provocase, me invitase a saltarla... Comencé a correr a toda velocidad y salté con todas mis fuerzas.

A aquel primer salto le siguió otro, y otro, y otro... ¡Y yo no sé cuántos!

Cuando la última brasa era apagada por el chorro de agua de una manguera, nos despedíamos de la abuela y, poco a poco, como si pretendiésemos que la noche durase mucho más, regresábamos a casa, alegres y contentos, pensando ya en la hoguera del próximo año.

Ahora sé que, en la cama, antes de quedarse dormida, mi abuela sentía en las noches frías de *Sant Antoni* un tibio abrazo de nostalgia y añoranza, parecido al que yo siento ahora, cuando pienso en aquellos rescoldos humeantes, en aquellos cánticos, en aquellos saltos enloquecidos...

18. La primera vez... que monté en globo

Aunque parezca raro, mi primer viaje en globo tuvo que ver con mi poco entusiasmo por el fútbol. Acabábamos de salir al recreo y, como siempre, todos mis compañeros se disponían a echar el consabido partido de fútbol. Estaba harto de tener que jugar casi a la fuerza, porque si no lo hacía me quedaba solo, más aburrido que una ostra.

Charlé con Dani y Guillermo unos momentos. Dani, debido a su envergadura, jugaba siempre de defensa central y Guillermo, como era zurdo, de extremo izquierda. Con mi charla sólo pretendía retenerlos un rato y hacerles olvidar el partido, pero no hubo forma. Me dijeron que ya charlaríamos a la salida y comenzaron a alejarse de mi lado en dirección al campo de fútbol. Entonces, casi a la desesperada, hice un comentario:

— ¡Como queráis! Dejaré para otro momento lo del globo.

Los dos se detuvieron en seco, se volvieron y, a la vez, me preguntaron:

— ¿Qué globo?

— No tiene importancia —continué—. Es que ayer por la tarde, al salir del colegio, monté en un globo y...

— ¿Que montaste en un globo? —preguntó Guillermo con un gesto de sorpresa reflejado en su rostro.

— Sí —me encogí de hombros.

— ¡Cuenta! —me gritó Dani.

Guillermo comenzó a llamar la atención del resto de los compañeros haciendo exagerados gestos con sus brazos.

En unos instantes me vi rodeado por un nutrido grupo de chicos, que me miraban con un poco de intriga y otro poco de impaciencia. Yo, que no esperaba tal reacción, me sentía algo confundido.

— Pues... veréis... —comencé titubeante—. Ayer por la tarde..., después... después de salir del colegio, decidí... decidí dar un paseo por el arroyo.

El arroyo era un pequeño cauce casi siempre seco, situado en las afueras del barrio, donde la ciudad dejaba de serlo y comenzaban a verse grandes extensiones de campo. A veces, íbamos a jugar hasta allí. Lo pasábamos muy bien, corriendo, saltando, trepando por los árboles...

— Caminaba tranquilamente cuando sentí una voz sobre mi cabeza —continué.

— ¿Sobre tu cabeza?

— Sí.

— ¿Y de quién era esa voz?

Noté que había captado la atención de todo el

grupo, lo cual me animó a seguir.

— Alcé la mirada y lo descubrí. Era un globo inmenso, el más grande que he visto en mi vida. Además, desde abajo parecía aún más grande. Parecía... ¡una plaza de toros!

— ¡Hala!

— Bueno, casi. Veréis: una cuerda que colgaba de la barquilla de mimbre se había enganchado entre las ramas de un árbol. El globo estaba atrapado y no podía ascender. El tripulante, que era un hombre joven y fuerte, se desesperaba tirando de la cuerda. «¿Puedes ayudarme?», me preguntó.

— ¿Y qué respondiste?

— Que sí, naturalmente. Trepé por el tronco de aquel árbol y luego por las ramas. Era muy peligroso, debido a la fragilidad de algunas ramas, que se partían al pisar. Por fin, llegué hasta el lugar en donde se había enganchado la cuerda. No tuve ninguna dificultad para soltarla, pero en el momento en que lo conseguí ocurrió algo terrible.

Detuve un instante mi relato y observé la cara de mis compañeros. Todos me miraban en silencio, muy atentos, con un gesto de ansiedad reflejado en sus miradas.

— ¿Y qué ocurrió? —no pudo contenerse Guillermo.

— Perdí el equilibrio y caí al vacío.

— ¿Y no te mataste?

— ¡Cómo me voy a matar, si estoy aquí con vosotros!

— Es verdad.

— En el último instante pude agarrarme a esa cuerda que pendía del globo.

— ¡Menos mal!

— Pero en ese momento, el globo, libre al fin, comenzó a elevarse, y a elevarse, y a elevarse...

— ¿Y tú?

— Y yo también, colgado de aquella cuerda. El tripulante me gritaba: «¡Trepa por la cuerda, muchacho! ¡Trepa!» Le hice caso y trepé como pude. Me dolían las manos, y los brazos, y las piernas... En más de una ocasión estuve a punto de caer al vacío, pero resistí. Finalmente, llegué a la barquilla de mimbre y el tripulante me agarró con sus fuertes brazos. Él fue quien me puso definitivamente a salvo.

En ese instante, me di cuenta de que había conseguido mi propósito, pues todos mis compañeros se habían olvidado por completo del partido de fútbol y me escuchaban atentamente, ansiosos por conocer el resto de mi aventura.

Titubeé unos instantes.

No sabía si continuar inventándome cosas o confesarles la verdad, es decir, que todo había sido un ardid para evitar jugar al fútbol. Pensé que podría resultar peligroso para mi integridad física decir la verdad y, además, me lo estaba pasando muy bien inventándome aquella historia del globo y su tripulante en apuros. Por eso, continué:

— Miré hacia abajo y los árboles parecían de juguete, y las casas, y los coches que pasaban por la carretera. Las personas parecían hormiguitas...

— ¿Y no te daba vértigo? —preguntó Dani.

— Sólo un poco.

— Pues yo me hubiese mareado, seguro.

— De pronto, nos metimos en medio de una nube y no veíamos nada. Era peligroso, pues podíamos chocarnos contra una montaña sin darnos cuenta. Era una nube negra, cargada de lluvia. Oímos un trueno espantoso y un rayo nos pasó rozando...

— ¡¡¡Oh!!!

En ese instante sonó el timbre que nos indicaba el fin del recreo. A todos se nos había pasado sin darnos cuenta. Cuando regresábamos a clase, Guillermo me dijo:

— A la salida tienes que contarnos el resto.

Así fue.

Tengo que reconocer que, muchos años después, sigo sin haber montado en globo. La verdad, no me hace ninguna ilusión. Eso sí, desde aquel día descubrí la manera de no jugar al fútbol en los recreos.

19. La primera vez... que me libré del pinchauvas

Lo había pensado mucho y había llegado al convencimiento de que ya era mayor, y si no mayor del todo, al menos lo suficientemente mayor para tomar una decisión tan importante.

Hasta ese momento, cada vez que *agarraba* una gripe, o *pillaba* una faringitis, o tosía más de la cuenta por un simple catarro... ¡hala, una inyección!

El médico de cabecera, como se llamaba entonces, después de auscultarme el pecho y los costados con su fonendoscopio, ese aparatejo que le salía de las orejas y que terminaba en una placa redonda y helada, le decía a mi madre:

— Le recetaré una caja de inyecciones.

— No hay nada como las inyecciones —asentía mi madre.

En cuanto el médico se marchaba, mi madre descolgaba el teléfono y llamaba a Molina. Él era el farmacéutico y el practicante, las dos cosas a la vez.

Yo nunca he sabido por qué a los practicantes se les llama *practicantes*. Desde luego, mi hermana y yo no llamábamos a Molina practicante, sino *pinchauvas*, o *pinchaculos*, que desde luego nos parecía mucho más adecuado.

Aquel día me había puesto de acuerdo con mi hermana Loles. Ella sólo tenía que avisarme sin que nadie se diese cuenta. Le resultaría muy fácil y además quedaría libre de sospecha.

Ella debería ponerse a jugar en el balcón del cuarto de estar. Como era verano, estaba abierto de par en par. Tendría que mirar siempre hacia la calle, en dirección a la farmacia. Por allí, y no por otro lugar, aparecería Molina, con su cartera debajo del brazo.

Desde la cama, ya había sentido a mi madre poner una cacerola con agua sobre el fogón. Era el recipiente en el que Molina herviría las jeringuillas y las agujas para esterilizarlas. Entonces no había jeringuillas de usar y tirar, como las de ahora, y todo se hervía y hervía... El «glu-glu-glu» del agua y el traqueteo de las jeringuillas golpeando contra la cacerola ponían los pelos de punta y el culo en carne de gallina al más valiente.

De pronto, mi hermana Loles entró en mi cuarto a toda prisa, se apoyó en el borde de la cama y, a pesar de que trató de decírmelo en voz baja, gritó:

— ¡Que viene el *pinchauvas*!

Yo salté de la cama y, aprovechando el momento en que mi madre se dirigía a abrir la puerta de la calle, corrí por el pasillo, en pijama y descalzo, y entré en el cuarto de baño. Una vez allí, cerré la puerta por dentro.

Con la oreja pegada a la puerta seguía lo que ocurría al otro lado. Primero, mi madre y Molina hablaron de mi enfermedad, a la que llamaron «anginas»; luego, hablaron de lo caras que eran las inyecciones que me había recetado el médico. Después, sentí nuevos ruidos de las jeringuillas en la cacerola, sin duda, el practicante, o mejor dicho, el *pinchauvas*, estaba eligiendo la aguja más adecuada.

— Está en su habitación —dijo mi madre por último.

Sentí sus pasos alejándose pasillo adelante y luego retrocediendo más deprisa.

— ¡Sal inmediatamente de donde estés! —gritó mi madre.

En ese instante me sentí fuerte, muy fuerte.

Estaba dispuesto a seguir con mi plan hasta el final, así que me senté sobre la taza de váter y me crucé de piernas. El picaporte de la puerta se movía bruscamente una y otra vez, al tiempo que mi madre gritaba, dirigiéndome toda clase de amenazas. De vez en cuando, Molina también decía alguna cosa, como «es por tu bien», «vamos a curarte esas anginas», «¡no seas cabezota, niño!»...

De pronto, se produjo un silencio que duró tal vez un par de minutos. Luego, mi madre volvió a la puerta y, en otro tono, me dijo:

— Te has salido con la tuya. Ya se ha marchado Molina. Sal de una vez.

Yo sabía que no era cierto. Ese ardid también lo había previsto en mi plan. No saldría hasta que mi hermana hiciese la señal convenida.

Tras el silencio, se produjeron nuevas broncas y

nuevas amenazas; pero resistí.

Al cabo de una hora, poco más o menos, mi hermana Loles comenzó a cantar:

«*¡Corre, corre, caballitooooo!*
¡Corre por la carreteraaaaa!»

Aquella canción, que entonces estaba de moda, era la señal convenida. Salté de la taza del váter, abrí la puerta y salí del cuarto de baño.

Sonreía satisfecho.

Fue la primera vez que conseguí librarme del *pinchauvas*, y no fue la última.

20. La primera vez... que descubrí la amistad

Cuando yo era pequeño no existía la leche *uperisada*, ni la leche en *tetra-brick*, ni la leche *descremada*, ni la leche *semidesnatada*, ni la leche *con sabor a chocolate...* Recuerdo que existía la leche, y nada más.

Aunque..., ahora que lo pienso, alguna vez le oí exclamar a mi madre:

— ¡Esta leche está bautizada!

Eso quería decir que en la lechería, para que les cundiese más, habían añadido algo de agua.

Por tanto, en mi niñez, la única variedad de leche que yo recuerdo era la *bautizada*.

En las lecherías entonces había unos grandes cántaros de metal, que se estrechaban un poco en la embocadura redonda. En ellos se guardaba la leche, siempre fresca, siempre recién ordeñada. Había también un pequeño mostrador de mármol y una colección de cacillos de diferentes medidas: de litro, de medio, de cuarto...

Para comprar leche tenías que llevar tú mismo el recipiente, que solía ser un cacharro de aluminio, cilíndrico, más estrecho por la parte superior, con tapadera y un asa también de metal, que incluía una protección de madera para no hacerte daño en los dedos. Ese recipiente, como es lógico y natural, se llamaba *lechera*.

Cada tarde, yo me encargaba de ir a comprar la leche a la vaquería de Ceferina. La vaquería estaba en las afueras del barrio, rodeada por una tapia alta de ladrillo. Se entraba por un portalón muy grande que había en la casa de Ceferina.

Precisamente, en ese portalón, a un lado, estaba el despacho de leche. Algunas veces, Ceferina me dejaba pasar a ver las vacas. Eso sí, yo tenía que insistir bastante:

— Anda, Ceferina, déjame pasar a ver las vacas.

— No, que luego te manchas y tu madre se enfada conmigo.

— Que no me mancho.

— Bueno, pasa, pero no te arrimes mucho.

A mí me encantaba ver las vacas, y los terneros, algunos tan pequeños que casi ni se sostenían en pie. También me gustaba ver un toro que tenían aparte, era tan grande como un camión, resoplaba de vez en cuando y se te quedaba mirando con gesto de pocos amigos.

Con la lechera llena volvía a mi casa.

Me gustaba balancear la lechera. Varias veces hacia delante, varias veces hacia atrás, y luego, a toda velocidad, hacerle dar un giro completo. Debido a la inercia, la leche no se caía, a pesar de que durante un momento la lechera quedaba boca abajo.

Eso sí, no podías descuidarte. Todo tenía que ser muy rápido, con movimientos decididos y precisos. En alguna ocasión se me había derramado un poquito de leche, sobre todo las primeras veces que lo intenté; pero había conseguido tal destreza que ya no derramaba ni una sola gota.

Una tarde me encontré con Paloma. Ella era de mi edad y vivía en mi misma calle, cuatro casas más abajo.

— ¿Vienes de comprar la leche? —me preguntó.

— Sí —respondí.

— Yo vengo de casa de Virginia. He estado haciendo los deberes con ella.

Continuamos el camino juntos. Hablábamos de cosas sin importancia, hasta que a mí me entraron ganas de hacerle una demostración con la lechera.

— Fíjate —le dije—. Soy capaz de dar una vuelta entera a la lechera sin que se derrame la leche.

— Ten cuidado —me advirtió.

— Lo he hecho cientos de veces —respondí con seguridad.

Y no sé qué me sucedió, pero sin duda algo me sucedió.

Balanceé la lechera de un lado a otro y, cuando iba a iniciar el veloz giro, se me escapó de la mano de forma incomprensible y salió disparada, estrellándose contra un árbol. Corrí hacia ella y la levanté en seguida. Desolado, comprobé que, a pesar de la tapadera, se había derramado gran parte de la leche.

— ¿Se ha abollado? —me preguntó Paloma.

— Casi nada —respondí—. Lo peor es que mi madre notará que falta mucha leche, y cuando le diga lo que ha pasado... ¡Buf! ¡No quiero ni pensarlo! Me quedaré sin propina por lo menos durante un mes.

Entonces Paloma, resuelta, me dijo:

— Tengo una idea. Tú no te muevas de aquí, que ahora mismo vuelvo.

No me dio tiempo a preguntarle. Echó a correr y desapareció de mi vista en unos segundos. Yo trataba de imaginarme una y otra vez cuál sería esa idea, pero no se me ocurría nada.

Al cabo de un rato, y también corriendo, regresó. Estaba sudorosa y su respiración acelerada no le dejaba hablar tan deprisa como quería.

— Mira..., mira... —me dijo, y me mostró algo que traía entre sus manos.

Era una hucha de barro, esférica, con un remate por arriba y la base plana. En la parte superior tenía también una pequeña ranura para introducir las monedas.

— ¿Para qué quieres esa hucha? —le pregunté.

— Aquí guardo mis ahorros —me respondió—. Si le damos la vuelta y la sacudimos varias veces saldrán algunas monedas.

— ¿Y qué harás con ellas?

— Volveremos a la lechería y compraremos más leche, así tu madre no notará la falta.

Me quedé boquiabierto. No sabía qué decir.

— Pe... pero... —balbuceé.

— No te preocupes por el dinero. Ya me lo devolverás cuando puedas.

Hicimos todo como Paloma lo había planeado. Luego, regresamos juntos a nuestras casas. Por supuesto, a mí no se me volvió a ocurrir hacer una nueva demostración de mis habilidades con la lechera.

Acompañé a Paloma hasta la puerta de su casa.

— ¿Por qué lo has hecho? —le pregunté entonces.

— Porque somos amigos —me respondió, simplemente.

— Somos amigos —repetí.

Y nunca he vuelto a pronunciar esas dos palabras con tanta seguridad como aquella tarde.

Entonces yo tenía muchos amigos, pero fue Paloma, sólo ella, la que me enseñó el verdadero significado de la palabra *amistad.*

21. La primera vez... que escribí un libro

Los cuadernos del colegio, ésos que utilizábamos para cada asignatura, siempre me parecían demasiado gruesos. Los sopesaba entre mis manos y los miraba por un lado y por otro.

«Se quedarán un montón de páginas en blanco al final», acababa pensando.

Por eso, decidí que por delante, como el resto de mis compañeros, utilizaría los cuadernos para hacer Matemáticas, Lenguaje, Ciencias Naturales... Pero, por detrás, y en esas hojas que seguro iban a quedar en blanco, nadie me impediría hacer algo que me gustaba por encima de todo y para lo que sólo se precisaba un bolígrafo, además del cuaderno: escribir.

Así lo hice. Por eso, las últimas páginas de todos mis cuadernos comenzaron a llenarse de piratas paticojos y tuertos, buscadores de oro en el lejano oeste americano, visitantes de otras galaxias, guerreros medievales dentro de refulgentes y pesadas armaduras, bandidos de ínfima calaña, navegantes que surcaban los siete mares, aventureros que se internaban por desiertos llenos de peligros, poesías a la primavera y a otros asuntos...

Solía escribir en mi casa, por las tardes, después del colegio. Pero a veces estaba tan entusiasmado con una historia, con unos personajes, que escribía en clase. El profesor me miraba de vez en cuando desde su mesa y debía de pensar que me había vuelto muy aplicado.

Por lo que acabo de contar, todos mis cuadernos se volvieron mágicos, al menos yo los sentía así. Y su magia me atrapaba por completo. No podía evitar pensar en mis piratas, que estaban a punto de entrar en combate, mientras yo intentaba resolver un problema de Matemáticas. Tampoco podía abandonar la persecución de unos cuatreros que habían robado las mejores cabezas de ganado de un rancho de Texas, aunque estuviese analizando una oración subordinada.

Algunos pensarán que, más que de magia, se trataba de una complicación. Sí, era una complicación, es verdad; pero, en todo caso, una complicación apasionante.

Como cada vez escribía más, y más, y más..., llegó un momento en que, sin darme cuenta, se juntaron los piratas con los problemas de Matemáticas y los cuatreros con las oraciones gramaticales. Había sobrepasado todos mis cálculos y la escritura había desbordado el espacio de las últimas páginas para, sin ninguna consideración, apoderarse de casi todo el cuaderno.

Tuve que resolver el problema de una manera tajante, arrancando todas las hojas en las que había escrito mis historias y comprándome nuevos cuadernos. ¡Menudo lío! ¡La de explicaciones que di a mi madre y a don Jeremías, el profesor! A ninguno de los dos le dije la verdad, pues temía que no me comprendiesen y acabasen burlándose de mis escritos. Y eso no lo soportaría.

Después de aquel incidente, cambié de forma de pensar. Llegué a la conclusión de que estaba harto de escribir historias deslabazadas aquí y allá. Eso era poco serio. Había llegado el momento de emprender algo nuevo y mucho más importante. Había llegado el momento de escribir un libro.

Con gran sacrificio, aguanté un domingo entero sin golosinas y con el dinero de la propina semanal me compré un bloc cuadriculado, de tamaño cuartilla y de considerable grosor. En él pensaba escribir mi primer libro.

Dejé un par de páginas en blanco, para poner el título con letras muy grandes, el nombre del autor y alguna dedicatoria, pues estaba seguro de que me apetecería dedicárselo a alguien, aunque aún no sabía a quién.

A partir de la tercera hoja, frenéticamente, comencé a escribir. De vez en cuando dejaba un espacio en blanco para hacer algún dibujo, ya que había decidido que mi libro estuviese ilustrado, lo que lo haría aún más atractivo.

Nunca he sido tan rápido escribiendo como entonces. Acabé el libro en pocos días y me quedó francamente bien, al menos eso era lo que yo pensaba. En las pastas del cuaderno y en la primera página, con letras grandes y claras, escribí el nombre del autor, el mío, y el título, *El caso de las sopas de ajo*. La dedicatoria seguía sin ocurrírseme.

Satisfecho y contento, lo llevé al colegio. Antes de entrar a clase, en el patio, se lo enseñé a algunos compañeros.

— El caso... de las sopas... de ajo —leyó Guillermo despacio—. ¿Es de risa?

— No —respondí.

— Es que el título parece de humor.

— Te equivocas. Es un libro..., ¿cómo decirte?, con un poco de aventuras y otro poco de intriga y misterio. Aparecen policías, ladrones, contrabandistas... ¡Y más cosas!

— ¡Los que a mí me gustan! Tienes que dejármelo —exclamó Juanjo.

Yo sostenía en esos momentos el cuaderno entre mis manos, así que no tuve más que estirar un poco mis brazos en dirección a Juanjo.

— Tómalo —le dije—. Procura no manchármelo, ni doblármelo, ni...

— No te preocupes. Lo trataré bien.

A mí me apetecía que lo leyesen mis compañeros. Ya entonces pensaba que los libros se escriben para que alguien, en algún lugar y en algún momento, los lea.

Al día siguiente, Juanjo me dijo que ya lo había leído, pero que no tenía el cuaderno porque se lo había pasado a Guillermo, ya que éste se lo había pedido. Eso sí, me aseguró que el libro le había entusiasmado.

Dejé pasar un nuevo día y me dirigí a Guillermo. Él ya había leído mi libro, pero se lo había pasado a Dani, que también quería leerlo.

Luego, Dani se lo paso a Roberto, y Roberto a Ricardo, y Ricardo a Pedro, y Pedro a Jesús Mari...

A Jesús Mari se lo pedí un día al salir al recreo.

— Me lo ha quitado *el topo* —me dijo.

— *¡El topo!* —me alarmé—. ¿Te refieres a don Jeremías?

— Pues claro. ¿A quién va a ser si no?

— ¿Y por qué te lo ha quitado?

— Me gustaba tanto tu libro que no podía dejar de leer. Y en clase de Matemáticas me pilló.

— ¿Y qué hizo *el topo* con él?

— Nada. Lo miró y se lo guardó en un bolsillo de su chaqueta.

Aquel día no me atreví a decirle nada a don Jeremías. Seguro que me echaba una bronca tremenda. Preferí aguardar hasta el día siguiente, con la esperanza de que se le pasase algo el enfado.

Y al día siguiente no hizo falta que le dijese nada, porque él se adelantó. Al entrar en clase, me llamó a su mesa. Me acerqué despacio, imaginándome lo peor.

— ¿Qué va a ser usted de mayor? —me preguntó.

— Escritor —respondí.

Don Jeremías me sonrió como nunca antes lo había hecho y me devolvió el cuaderno.

— Me parece bien —continuó—. Pero sepa una

cosa: los escritores han de saber mucho. Cualquier conocimiento le es útil a un escritor. ¿Entiende lo que le quiero decir?

— Sí, señor.

— Espero que cuando escriba su próximo libro no se olvide de pasármelo. Me gustaría leerlo también. Puede sentarse.

Cuando regresaba a mi pupitre, con el cuaderno entre mis manos, me sentía bien, sencillamente bien, muy bien.

Escribí un segundo libro, y un tercero, y un cuarto... ¡Y yo no sé cuántos! Pero el honor de ser el primero siempre le corresponderá a *El caso de las sopas de ajo*.

Conservé aquel viejo cuaderno durante años. De vez en cuando abría sus páginas amarillentas y me reía con aquellos disparates infantiles llenos de borrones, de faltas de ortografía, de dibujos... Pero como otras muchas cosas que vamos perdiendo a lo largo de la vida, perdí también ese cuaderno. No sé dónde está. Tal vez prefirió quedarse con el niño que fui y que tampoco sé muy bien dónde se ha metido.